# 당신은 혼자 걷지 않으리

# 당신은 혼자 걷지 않으리

공좀 차는 변호사의
축구 이야기

정기동 지음

학고재

# 이런 책이 나오길 기다렸다

이용수(세종대학교 교수, 전 대한축구협회 기술위원장)

저자는 오십 대 후반의, 이른바 '동네축구' 외에는 한 번도 선수로 뛰어본 적이 없고 축구와 관련된 일에 종사해본 적도 없는, 축구에 관해서는 순수한 아마추어다. 그러나 저자는 어느 엘리트 선수나 직업 축구인 못지않게 축구에 대해 깊이 이해하고 있다.

축구를 '아름다운 경기'라고 한다. 이 책은 왜 축구가 아름다운지, 어떻게 해야 아름다운 경기가 될 수 있는지에 관한 해설서라고 할 수 있다. 나는 축구에 오랫동안 몸담아온 사람으로서 어린 학생들과 젊은 선수들에게 스포츠로서 축구가 갖는 아름다운 가치를 전해주고자 노력해왔다. 이 책으로 그 일을 훨씬 쉽고 재미있게 할 수 있을 듯하다.

주말마다 뛰는 '동네축구'에서도 저자는 너무나 진지하지만, 이 책에서는 그 진지한 축구의 아름다움을 놀랍도록 유머 넘치게 풀어내고 있다. 아마도 독자들은 내가 그랬던 것처럼 수시로 혼자 키득거리거나 잔잔한 미소를 머금게 될 것이다. 그것은 저자가 축구에 관한 자신의 이론이나 신념을 전파하려는 것이 아니라, 그저 자신이 좋아하는 것을 향한 샘솟는 열정을 솔직하게 드러낼 뿐이기 때문이다. 또 그것과 우리의 삶을 건강하게 결합시키려는, 세상을 대하는 따뜻한 시선은 유머에 온기를 더한다.

나는 이 책을 젊은 학생과 선수 그리고 축구에 몸담고 있는 사람들에게는 당연히 권할 것이다. 그러나 이 책은 소재가 축구이지만 축구에 관한 책으로 한정하고 싶지 않다. 팍팍한 세상살이에서 저자처럼 무엇인가 열정적으로 좋아하면서 그것을 삶의 활력으로 삼고 나아가 그 활력을 주위와 나눌 수 있다면 이는 모두가 바라는 바 아닌가. 그 모두에게 이 책을 권한다.

"정 변호사님, 우리 언제 축구 한 게임 같이합시다!"

사랑에 빠진 사람

김희경(문화체육관광부 차관보,《이상한 정상가족》저자)

　바라건대 열렬한 축구 팬들께선 이 페이지를 그냥 넘기시길 바란다. 용기 내어 고백하자면 난 축구를 모른다. '붉은악마'의 포효로 당시 일하던 광화문의 건물이 흔들릴 만큼 들썩인 2002년 월드컵 때에도 난 단 한 편의 경기조차 끝까지 못 봤다. 별 이유 없다. 무관심했을 뿐이다.

　축구에 문외한인 주제에 감히 추천사를 쓰는 이유는 순전히 저자 때문이다. 자신의 경험과 박식한 비평을 엮은 이 책에서 드러나는 저자는 사랑에 빠진 사람이다. 축구에 빠져들어 마침내 축구를 통해 세상을 바라보고 어떻게 축구와 자기 자신, 나아가 세상을 더 잘 사랑할지를 궁리하기에 이른 사람. 나는 이렇게 아름다운 대상에 바치는 사심 없는 애정, 그리고 그 마음을 오래 유지하기 위해 구축하는 형식이 우리를 보다 인간답게 만든다고 믿는다.

저자가 소개한 남아프리카공화국 정치범 수용소의 축구도 그 같은 예다. 야만적 폭력에도 그들이 존엄을 잃지 않을 수 있었던 끈은 축구였다. 나는 비슷한 예를 로맹 가리의 소설 《하늘의 뿌리》에서도 읽었다. 수용소의 비인간적 환경에서 사람다움을 지키려 프랑스인들이 매달린 것이 여인을 대하는 신사다운 태도였다면, 남아공에선 그것이 축구의 규칙이었다.

'동냥축구'를 하다 감독에 올라 동네축구의 입지전적 인물이 된 저자가 쓴 감독 취임사, 심판 현장을 읽다 보면 이런 리더가 이끄는 팀에 있고 싶다는 마음이 절로 든다. 사랑에 빠지면 사람이 이렇게 아름다워진다. 그러니 독자여, 무엇에든 빠져드시라. 기왕이면 이 책을 읽고 축구에!

# 축구는 나를 설레게 한다

"변호사가 법에 관한 책을 써야지 축구 책이 말이 되냐?"
라고 생각한 적이 있다는 것부터 고백해야겠다. 그러나 얼
른 생각을 고쳐먹었다, "도대체 축구가 변호사 일만도 못하
단 말이냐?"라고.

"인간의 도덕과 의무에 관하여 내가 알고 있는 것들은
모두 축구에서 배웠다." 노벨문학상 수상자 알베르 카뮈가
한 말이다. 그는 대학 팀의 골키퍼로 활약했으나 결핵으로
축구를 그만두었다. 그는 희곡을 쓰고 연출을 하고 극장을
세우며 평생 연극에 관한 열정을 잃지 않았다. 연극 무대는
직업 작가의 권태에서 벗어나게 해주고 행복감을 느끼는
곳이라고 했다. 어느 날 친구 샤를 퐁세가 카뮈에게 물었다.

"축구와 연극 중에서 뭘 선택하겠나?"

"뭘 그걸 물어보나, 당근 축구지."

이 축구는 나의 제일 여가 생활이다. 나의 축구 생활에는 두 가지 지침이 있다. 하나는 중경말축(中耕末蹴, 주중에는 밭을 갈고 주말에는 축구를 하다). 월요일부터 금요일까지는 나도 특별할 게 없다. 그러나 토요일 오후가 되면 삼복더위이건 엄동설한이건 운동장으로 나가 공을 찬다. 이른바 나는 '동네축구' 선수다.

다른 하나는 축구 생활 삼위일체. 뛰는 축구는 그중 하나다. 거기에 팬으로서 보는 축구를 빼놓을 수 없다. 나는 잉글랜드 프리미어리그 팀인 아스널 FC의 팬이다. 2004년 무렵부터 주말에 유럽 축구 생중계를 보기 시작했는데, 이 팀 저 팀 보다 보니, 정말 보다 보니, 그 팀에 매료되어 십여 년째 헤어 나오지 못하는 팬이 되었다. 아마 앞으로도 마찬가지일 것이다. 그리고 K리그 FC 서울의 경기를 보러 상암 서울월드컵경기장을 1년에 열 번은 찾는다. 어느 팀의 팬으로서 축구를 보고 응원하는 일은 정말 엄청난 감정을 소모하는 일이지만 즐겁게 감당할 뿐이다.

축구 생활의 삼위일체는 축구를 하고 보는 것에 더하여 축구를 읽는 것으로 완성된다. 스포츠를 좋아하긴 하였으나 나도 축구와는 상관없는 생활을 해왔다. 그러다가 사십대 중반이 다 되어 축구의 철학, 축구와 사회 따위를 읽으면서부터 축구에 깊이 빠지게 되었다. 축구를 하고 보고 읽다, 나의 축구 삼위일체론이다.

나는 왜 이 축구를 좋아하는가? 이 책은 여기에 관한 이야기다. 본문에서 미리 한 대목 빼 쓴다.

"경기에 대한 열정, 열정을 플레이로 구현해내는 힘과 기량, 팀과 동료에 대한 헌신, 끝까지 포기하지 않는 용기, 상대방에 대한 존중, 판정에 대한 승복, 팬과 선수의 공감과 연대, 축구 경기에서 우리가 늘 보고 있고 또 보기를 원하는 모습이다."

이 축구 경기가 유럽 챔피언스리그건 동네 동호회 축구건, 그 경기장이 월드컵 결승전 구장이건 맨땅의 초등학교 운동장이건 다를 바가 없다. 나는 이 가치와 미덕을 주말 축구 회원들과 함께 실현하고 싶고, 축구 밖의 내 삶으로 가져오고 싶다. 그것이 나이가 들어도 내 삶의 선도와 농도와 밀도를 유지해주리라 믿는다.

축구는 나를 설레게 한다. 뒤늦게 무엇에 이렇게 설렐 줄은 나도 예상하지 못했다. 그러나 나는 이 책을 읽는 독자들이 축구 팬이 되기를 바라지 않는다. 이 시시콜콜한 이야기가 약간의 공감이라도 얻어 각자의 설렘을 발견한다면 더 바랄 게 없다. 나에게는 그것이 축구지만, 축구가 아닌들 어떠랴.

# 차례

**정 변호사의 재미있는 FOOTBALL CASE**

# 1부

# 축구의 속살을 들여다보다

축구의 미학·축구의 철학

# 승부차기, 그 비장한 실축의 미학

월드컵이나 유럽 챔피언스리그에서 조별 예선을 통과한 16강전부터는 이긴 팀이 그다음 단계로 올라가고 진 팀은 바로 탈락하는 토너먼트 방식으로 경기가 벌어진다. 전후반 90분에 이어 연장 전후반 30분에서도 승부를 가리지 못하면 경기는 승부차기로 들어간다. 120분의 혈투 끝에야 맞닥뜨리는 잔혹한 승부, 승부차기의 미학에 관한 한 축구 팬의 이야기이다.

당시 이미 당대 최고의 선수로 발돋움하고 있던 맨체스터 유나이티드(맨유)의 크리스티아누 호날두와 첼시의 주장

존 테리. 2008년 5월 21일 밤 모스크바 루즈니키 스타디움, 이 두 남자는 뜨거운 눈물을 펑펑 흘리고 만다.

2007-08 유럽 챔피언스리그 결승전은 잉글랜드 프리미어리그 소속의 맨유와 첼시의 대결이었다. 전반 26분 호날두는 환상적이라고밖에 할 수 없는 헤딩슛을 먼저 성공시키지만 후반 첼시의 만회 골로 동점이 되고 경기는 연장전까지 가서도 1 대 1로 승부를 가리지 못하여 승부차기로 넘어갔다.

이날 중력을 무시하는 놀라운 점프 헤딩골의 주인공 호날두는 맨유의 세 번째 키커로 나서지만 그의 킥은 첼시 골키퍼 페트르 체흐의 선방에 막히고 만다. 이제 첼시의 마지막 키커 존 테리가 나선다. 그가 성공시키면 5 대 4로 첼시는 우승컵을 안게 된다. 그러나 이날 경기 내내 내린 비는 페널티킥 순간에도 멈추지 않았다. 호흡을 가다듬고 킥의 방향을 정하고 힘차게 내딛은 존 테리의 디딤발은 물기 머금은 잔디에 미끄러지고, 공은 골포스트를 맞고 클럽 역사상 최초의 챔피언스리그 우승이라는 첼시의 꿈과 함께 허공으로 날아가버린다.

다섯 명 키커의 승부차기는 4 대 4. 이제부터는 한 명씩 나와 승부를 가리는 서든데스 게임이다. 결국 첼시의 일곱 번째 키커 니콜라 아넬카의 슛을 에드윈 반데사르가 막아내어 챔피언스리그 우승은 맨유가 거머쥐고 트레블*을 달성한다.

골키퍼 반데사르가 아넬카의 슛을 막자 센터서클**과 벤치에 있던 모든 선수들과 스태프들이 반데사르를 향해 포효하며 달려가지만 오직 한 선수는 그 자리에 쓰러져 온몸이 들썩이도록 뜨거운 울음을 토해낸다. 킥에 실패한 크리스티아누 호날두다. 아마도 그는 페널티킥을 실축한 뒤 첼시의 마지막 킥까지 불과 몇 분 동안 말로 표현할 수 없는 지옥과도 같은 시간을 보냈을 것이다. 그의 눈물이 말해준다.

그리고 또 한 명의 선수가 결코 덜하지 않은 뜨거운 눈물

---

* 트레블(treble)은 자국 리그, 자국 FA컵, 유럽 챔피언스리그의 세 대회를 한 시즌에 모두 우승하는 것을 일컫는다. 맨체스터 유나이티드는 2007-08 시즌에서 이미 잉글랜드 프리미어리그, 잉글랜드 FA컵을 우승한 상태였고, 이날 챔피언스리그 우승으로 클럽 역사상 두 번째 트레블을 달성하였다.
** 승부차기가 시작되면 키커와 두 골키퍼 외의 나머지 선수들은 센터서클 안에 있어야 한다.

실축한 호날두, 그는 지옥 같은 몇 분을 보냈을 것이다.

을 쏟아낸다. 첼시의 다섯 번째 키커 존 테리다. 첼시의 주장인 존 테리는 첼시 유소년 클럽에서 시작하여 오로지 첼시에서만 뛴 첼시의 아이콘과도 같은 선수다. 자신의 실축으로 클럽 역사상 최초의 챔피언스리그 우승이 물거품이 되어버린 것이다. 팀에서의 자신의 무게로 인해 실축은 더욱 그를 괴롭혔을 것이다. 그는 끝내 감독의 품에 안겨 엉엉 울고 만다.

　이날 두 뛰어난 선수의 눈물은 축구 선수에게 승부차기

존 테리의 눈물은 승부차기의 비장미를 상징한다.

가 무엇인지, 그 실축이 그들에게 지우는 무게가 얼마나 무거운지를 말없이 웅변한다. 승부차기에 들어가면 키커와 키커의 순서도 모두 감독이 정한다. 선수에 따라 다르지만 많은 선수가 페널티킥을 차지 않기를 바란다. 그 중압감이 너무도 크기 때문이다. 세계 톱클래스의 선수도 마찬가지다. 아넬카도 감독이 처음엔 최초 다섯 명에 넣었지만, 본인이 못 차겠다고 해서 나중으로 빠진 것이었다.

그러나 동료 선수들은 그 누구도 실축한 동료를 비난하

지 않는다. 우승을 놓친 감독도 실축한 선수를 비난하지 않는다. 승부차기의 실축에 관해서는 현 맨유 감독 주제 무리뉴의 발언을 넘어설 명언을 찾기란 쉽지 않다. 2012년 4월 25일 당시 무리뉴가 이끌던 레알 마드리드는 바이에른 뮌헨과의 챔피언스리그 4강전에서 승부차기 끝에 3 대 1로 져서 결승 진출이 좌절됐다.

무리뉴는 경기 후 기자회견에서 톱 플레이어들의 실축에 대한 비난을 일축하며 말한다. "(승부차기에서) 킥을 하지 않는 선수는 실축도 하지 않는다. 골을 넣는 선수는 공을 들고 도전하는 선수다. 그들은 두려워하지 않으며, 이기적이지 않고 자신을 염두에 두지 않는다. 그들은 자신이 가진 모든 것을 팀을 위해 쏟아 넣을 뿐이다. 그래서 나는 내 선수들이 진정으로 자랑스럽다."

그러나 승부차기는 잔혹하다. 우선 승부차기는 쉽게 시작되지 않는다. 120분 동안 짐승처럼 경기장을 달리며 모든 것을 쏟아붓고도 승부가 가려지지 않을 때라야 이 게임은 비로소 시작된다. 무엇보다 승부차기는 누군가의 성공으로 승리하는 게임이 아니라 누군가의 실패로 승부가 갈리는 게임이다. 승부차기의 잔혹함은 바로 여기에 있다. 120분의 혼신의 노력 끝에 반드시 일어나는 누군가의 실패. 내가 그 실패의 주인공이 될 수도 있다. 그 부담감은 축구 실력과 상관없이 그냥 선수를 압도하고 만다.

그리고 이 실패는 키커의 것이지 골키퍼의 것이 아니다. 골키퍼는 다섯 명의 킥을 하나도 막아내지 못하더라도 누구도 실패라고 생각하지 않는다. 반면에 하나라도 막아내면 영웅이 된다. 키커는 성공하면 당연하지만 실패하면 모든 부담을 안게 된다. 이런 점에서 골키퍼와 키커의 승부차기 대결은 키커에게 일방적으로 불리한 불공정 게임이다.

키커는 이 부담감을 팀과 함께 이겨낸다. 양 팀 선수가 센터서클에 모여 승부차기가 시작되기까지 선수들은 서로를 격려한다. 키커로 나서지 않는 선수는 말한다. "여기에 오기까지 우리는 최선을 다했다. 괜찮다. 실패해도 괜찮다. 우리를 믿고 편안한 마음으로 차라." 그 누구도 "반드시 성공시켜라"라는 얘기를 하지 않는다. 팀의 명운이 달린 절체절명의 순간에 전사로 나선 용감한, 그러나 엄청난 부담을 안고 있는 동료를 진심으로 격려한다. 그 동료들의 응원이 있기에 전사는 부담감과 맞서 이겨낼 수 있는 것이다.

그러나 그렇다고 하더라도 누군가의 실패는 예정되어 있다. 실패한 전사는 자신이 승리를 날렸다는 자책감에 사로잡힌다. 그리고 동료들의 따뜻한 위로에 자책은 더욱 커질 수밖에 없고 더욱 뜨거운 눈물을 흘리게 된다. 호날두와 존 테리의 눈물은 그 비장미를 상징한다.

승부차기, 이 비장한 실축의 미학이여. 그러나 그것이 축구고 인생이다.

# 왕의 귀환, 티에리 앙리의 복귀 골 찬가

2012년 1월 10일 새벽 잉글랜드 FA컵 3라운드 아스널과 리즈 유나이티드의 경기가 있었다. 이날 경기는 아스널 125년 클럽 역사상 최다골 득점자인 티에리 앙리가 1월 6일부터 6주 반 동안 뉴욕 레드불스에서 아스널로 단기 임대된 뒤에 벌어지는 첫 경기였고 그가 경기에 뛸 것인가가 최대의 관심사였다.

앙리는 1999년부터 2007년까지 8년 동안 아스널에 있으면서 총 370경기에 나서 226골을 넣은 아스널 최고의 스트라이커였고, 아스널이 2006년 지금의 에미레이츠 스타디움으로 홈 경기장을 옮기기 전 하이버리 스타디움 시절 '하이버리의 킹'으로 불린 전설적 선수였다. 2008년 팬들의 투표로 정한 역대 아스널 선수 50인에서는 1위에 올랐다. 2011년 12월 초에는 에미레이츠 스타디움 밖에 티에리 앙리의 동상이 세워졌다. 1920년대 후반에서 30년대 초반 팀을 지휘하며 아스널의 토대를 닦은 허버트 채프먼 감독, 1980년대와 90년대 아스널의 주장이었던 토니 아담스에 이은 세 번째 동상이었다. 앙리는 특히 2003-04 시즌에 26승 12무로 잉글랜드 역사상 전무후무한 리그 무패 우승의 신화를 이룩한 'The Innvincibles'*의 스트라이커였다.

앙리는 2007년 여름 FC 바르셀로나로 이적하여 3년을 보낸 뒤 미국 프로축구리그(메이저 리그 사커, MLS)로 건너가 뉴욕 레드불스에서 뛰고 있었다. 미국은 한국과 마찬가지로 3월에 시즌이 시작되어 가을에 마친다. 앙리는 미국에서 시즌을 마친 뒤 아스널로 와서 아스널 선수들과 함께 훈련을 해왔다. 그것은 팀 간 계약에 따른 것이 아니고 순전히

---

* 나는 '불패의 그들'이라 부르고 싶다.

아스널 아르센 벵거 감독의 허락 하에 이루어진 개인 훈련이었다.

　그러다가 계획에 없던 단기 임대가 성사되었다. 말 그대로 '왕의 귀환'이었던 셈이다. 이날의 경기는 FA컵 64강전에 불과했지만, 앙리의 출전으로 놓칠 수 없는 역사적인 이벤트가 되었다. 리즈 유나이티드의 수비에 막혀 0 대 0으로 진행되던 68분 무렵 드디어 앙리가 교체 멤버로 들어왔다. 관중들은 떠나갈 듯한 함성과 기립 박수로 왕의 귀환을 환영했다.

　단 10분이었다. 78분, 왼쪽 페널티박스 바깥에 있던 앙리는 알렉상드르 송이 공을 잡자 순간 페널티박스 안으로 뛰어 들어가고, 송은 수비수들 사이로 정확하게 패스를 찔러준다. 이른바 킬패스. 뛰어 들어가던 앙리는 오른발 인사이드로 공을 터치하여 정확하게 몸 쪽으로 돌려놓는다. 골에어리어 왼쪽 바깥 지점이다. 앙리는 침착하게 오른발 인사이드로 먼 쪽 오른쪽 포스트를 향해 땅볼로 감아 넣는다. 전형적인 앙리식 마무리. 말이 필요 없다.

　골을 넣은 앙리는 양팔을 벌리고 경기장을 돌며 관중석

그는 여전히 마법과도 같은 순간을 만들어낸다.

을 향해 포효한다. 현지 중계방송 캐스터는 "그는 동상으로
만들어져 있을지 모르나* 여전히 정녕 마법과도 같은 순간
을 만들어낼 능력이 있군요!"라며 그의 골에 찬사를 바친
다. 스탠드의 관중들은 운동장을 날려버릴 듯한 함성으로
왕의 귀환을 열렬히 경배한다. 앙리는, 마치 아스널은 자신
의 심장과도 같다는 은유일까, 왼쪽 가슴의 아스널 상징을
손바닥으로 되풀이해 치며 클럽에 대한 변함없는 충성심을

* 스타디움 앞에 앙리의 동상이 있음을 빗댄 말이다.

폭발적으로 표출한다. 그러고는 아르센 벵거 감독과 포옹한다. 아스널의 앙리는 벵거 감독이 있었기에 가능했다. 그를 영입한 것도 벵거 감독이었고, 그를 잉글랜드 최고의 스트라이커로 만든 것도 벵거 감독이었다. 두 사람 모두 함께한 역사가 스쳐 지나가며 만감이 교차하였을 것이다.

축구의 빼놓을 수 없는 아름다움 중 하나는 폭발력에 있다. 운동장을 달리는 선수와 수만 관중의 내면에서 터져 나오는 폭발력, 그 정점에 골이 있다. 클럽 역사상 최고 선수의 재등장이라는 기념비적인 순간에 이어, 등장 10분 만에 가장 그다운 골로 팀을 승리로 이끌고 그와 관중은 함께 포효한다. 이날 앙리의 골은 골의 정의에 완벽히 부합하는 극적이고도 격정적인 행위예술이었다.*

---

* 앙리가 골을 넣는 이 장면은 https://www.youtube.com/watch?v=ExPNxsVJA9E에서 볼 수 있다. 'Arsenal Vs Leeds 1-0 Thierry Henry Goal'로 검색해도 된다.

# 세월이 흐른 뒤 무엇이 더 그리울까*
### - 아스널의 로빈 반페르시의 맨유 이적을 보고

2012년 8월 아스널의 에이스 로빈 반페르시가 결국 팀을 떠났다.** 도착지는 맨체스터 유나이티드였다. 반페르시는 7월초 아스널과의 계약 기간이 2013년 여름에 끝나더라도 계약을 연장하지 않을 것임을 단호한 어조로 공개적으로 밝힌 바 있다. 그 이유는 한마디로 아스널에 "야망이 없

---

\*    이 글은 2012년 8월 16일 로빈 반페르시의 이적이 확정된 직후에 쓴 글이다.
\*\*   반페르시는 2011-12 시즌에 아스널의 주장이었으며 30골을 넣어 프리미어리그 득점왕이 된 이른바 월드 클래스의 스트라이커였다. 그리고 유럽 각국의 리그는 8월 중하순에 시즌을 시작하여 이듬해 5월 중하순에 마무리한다.

다"는 것이다. 다시 말하면 우승할 수 있는 팀으로 가겠다는 것이다. 아스널은 2004-05 FA컵이 마지막 트로피다. 반페르시는 2004년 여름 아스널에 왔다.

2011년 아스널의 세스크 파브레가스와 사미르 나스리가 바르셀로나와 맨체스터 시티(맨시티)로 각각 이적하였을 때는 서로 다른 이유로 납득이 되었다. 파브레가스는 고향 팀으로 가고 싶어 했고 나스리는 돈을 찾아 떠나고 싶어 했다. 그래서 아스널 팬들은 파브레가스는 안타깝지만 이해하였고, 나스리는 이해는 가지만('돈'은 중요하니까!) 저주의 대상이 되었다. 반페르시는 어떻게 될까?

아스널 팬인 나로서는 그의 결정이 이해가 되지 않지만 안타깝다. 맨유에서 아스널 때보다 더 많은 돈을 받긴 하겠지만 반페르시는 돈보다는 우승의 야망을 위해 팀을 떠났다고 보는 것이 맞다. 그리고 맨유가 우승 후보임도 분명하다. 맨유가 2012-13 시즌 우승을 하게 되면 반페르시는 우승컵을 들어 올릴 수 있을 것이다. 그러나 그것뿐이다.

우리 나이 서른의 반페르시는 맨유에서 전설이 될 수 없어 보인다. 최소한 아주 어려워 보인다. 맨유 팬들의 입장에서는 반페르시가 긱스, 스콜스, 베컴, 루니 수준의 반열에 오르기 힘들다. 그에겐 시간이 너무 없기 때문이다. 센터 포워드인 그에게 최고 수준으로 남아 있을 수 있는 시간은 길어야 2~3년이다. 그것도 2011-12 시즌과 같은 경기력을 유지하면서 부상이 없다는 전제에서 그렇다. 그는 맨유에서는 잘 차려진 밥상에 추가로 올라온 또 하나의 맛있는 반찬에 그칠 가능성이 크다. 우승을 하더라도 '그들 중 한 명'으로 기억되기 십상이라는 것이다. 나아가 맨유가 우승에 실패하는 경우도 얼마든지 있을 수 있다.

이와 달리 만약에 반페르시가 팀에 남아, 객관적으로는 맨시티나 맨유보다 가능성이 떨어지지만, 아스널을 우승으로 이끈다면 그는 명실상부하게 클럽의 전설이 될 것이다. 여기에는 어떤 의문도 없다. 티에리 앙리에 버금가는 영웅이 된다. 설령 아스널이 계속 우승을 하지 못한다고 하더라도 팬들은 그를 클럽에 헌신한 전설로 기억할 것이었다. 여기에도 아무런 의문이 없다. 그러나 이제 반페르시가 아스널 셔츠를 입고 우승할 일은 없어졌다. 더구나 그는 라이벌 맨유로 옮겨갔다. 지금까지의 업적만으로도 아스널 팬들은 그를 전설로 대우할까 궁금하다. 아마 그렇지 않을 것이고 나도 그렇지 않다고 생각한다. 감정이 그렇게 되질 않는다.

다음 시즌 맨유의 원정 유니폼을 입고 에미레이츠 스타디움에 나타났을 때 아스널의 팬들은 그를 어떻게 대할까? 나스리와 아데바요르에게 그랬던 것처럼 공만 잡으면 야유와 저주를 퍼부을까, 돌아온 영웅 대접을 할까. 아스널 팬들의 심정은 복잡할 것이다. 반페르시가 아스널에 한 기여, 특히 지난 시즌의 업적을 생각하면 야유를 보내진 않겠지만, 2010년 챔피언스리그 8강전에서 바르셀로나 원정 유니폼을 입고 에미레이츠를 찾은 앙리가 받은 그 따뜻한 환영은 결코 받지 못할 것이 분명하다.

선수에게 우승의 야망이 있다면 팬들에게는 우승의 소망이 있다. 선수들은 돈을 받고 뛰고 팬들은 돈을 써가며 응원한다. 우승의 영광과 언론의 스포트라이트는 선수들의 몫이고 팬들의 이름은 어디에도 남지 않지만, 팬들은 언제나 팀과 함께한다. 그래서 팬들의 우승 소망은 훨씬 더 간절하다. 반페르시는 그 간절함을 뒤로하고 자신의 야망을 위해 팬들을 떠났다.

세월이 흐른 뒤 무엇이 더 그리울까. 아스널에 계속 남았을 경우 한 번도 들어보지 못한 우승컵에 대한 아쉬움이 클까? 다른 팀에서 우승은 하였지만 자신을 클럽의 전설로 숭배할 준비가 되어 있는 팬들의 지지를 잃어버리고, 다시는 그것을 되찾을 길도 없음이 더 사무칠까?

이것은 먼 나라 잉글랜드의 한 축구 선수의 이야기이기도 하지만, 누구에게나 언제든지 부닥칠 수 있는 일이다. 반 페르시는 팬들의 신뢰와 지지라는, 자신의 노력으로 쌓은 엄청난 무형의 자산을 스스로 버리는 결정을 하였다. 오로지 돈을 보고 떠난 것이 아니기에 비난보다는 안타까움이 앞선다.

**후일담** 반페르시는 이적 첫 시즌(2012-13)에 26골로 2년 연속 득점왕을 차지하며 맨유의 스무 번째 우승을 이끌었다. 다음 두 시즌은 부상 등의 사정으로 12골, 10골에 그쳤다. 이어 터키 이스탄불의 페네르바체로 이적하여 2015-16 시즌부터 세 시즌을 보냈다. 첫 시즌은 32세의

나이에도 16골을 넣고 비교적 선전하였으나 다음 시즌은 9골, 그다음 시즌은 부상으로 단 두 경기 출전에 한 골도 넣지 못하였다. 2018-19 시즌에는 소년 시절 클럽인 네덜란드의 로테르담에서 뛰고 있다. 아스널은 그의 이적 후 아직 리그 우승은 하지 못하였으나 세 차례 FA컵에서 우승하였다. 아스널 팬들은 그를 배신자 명단에 올렸다. 맨유 팬들은 그를 전설로 기억하고 있을까?

## | 선수 이적과 보스만 판결 |

프로축구 선수는 구단의 소유물과 비슷하다. 정해진 계약 기간 중에는 구단이 허락하지 않으면 팀을 옮길 수 없다. A구단이 B구단과 계약 중인 선수 K를 사오려면 B구단에 이적료를 지불해야 한다. 이른바 몸값이다. 그러나 B구단과 계약 기간이 끝나면 K는 자유계약선수(Free Agent, FA)가 되어 B구단의 의사와 상관없이 자유롭게 A구단으로 옮겨갈 수 있다. 이때 A구단은 이적료를 지불할 필요가 없다.

유럽에서 이러한 이적 시스템은 1995년 보스만 판결을 통해 확립되었다. 그 전까지는 계약 기간이 끝나더라도 소속 팀의 동의가 필요했다. 1990년 벨기에 축구선수 장마르크 보스만은 벨기에 팀 RFC 리게와의 계약이 끝나자 프랑스 2부 리그 팀 USL 덩케르크로 이적을 원했다. 그러나 덩케르크는 리게가 요구하는 이적료를 지불할 능력이 없어 이적이 무산되었다.

보스만은 유럽사법재판소에 제소했다. 1995년 유럽사법재판소는 프로 선수도 노동자이기 때문에 EC법 적용 대상이 되며, 계약이 끝난 선수에 대하여 이적료를 요구하는 것은 로마조약 제48조에서 규정한 회원국 노동자의 유럽 내 자유 이동을 제한하는 것이라고 판결하였다.

이 보스만 판결은 계약이 끝난 선수에 대해 이적료가 없어지는 대신 선수들의 급여는 대폭 올라가는 계기가 되었다. 그러나 정작 주인공 보스만은 그저 그런 팀을 전전하다가 1998년 보상금으로 31만 파운드를 받았지만 알코올 중독과 우울증에 시달렸다. 그는 몇 해 전 한 인터뷰에서 말했다. "호나우두와 베컴 그리고 그들 모두가 나에게 '고맙다'고 할 날을 기다리고 있다."

# 만델라 추모

## F**king Disgrace?? F**king Disgrace!!

이스탄불에 근거지를 둔 터키의 명문 축구 클럽 갈라타
사라이에는 코트디부아르 출신의 디디에 드록바와 엠마누
엘 에보우에라는 선수가 있다. 드록바는 2000년대 중반 무
리뉴 감독 시절의 첼시를 대표하는 스트라이커로서, 2006
년 월드컵을 앞두고 조국 코트디부아르에 월드컵 기간만이
라도 내전을 멈춰달라고 호소하여 실제 휴전을 성립시키는
계기를 제공했다는 평가를 받았다. 2010년에는 《타임》이
선정한 100대 영향력 있는 인물에 선정되기도 했다. 에보우
에는 터키로 오기 전 아스널에서 뛴 선수다.

두 선수가 2013년 12월 7일 리그 경기가 끝난 뒤 유니폼을 벗어 이틀 전 서거한 넬슨 만델라를 추모하는 글을 적은 속옷을 내보였다. 드록바의 옷에는 "Thank You Madiba"라고, 에보우에의 옷에는 "Rest in Peace Nelson Mandela"라 적혀 있었다. 그런데 터키축구협회는 정치적 메시지가 적힌 옷을 입으면 안 된다는 피파(FIFA, 국제축구연맹) 규칙을 위반했다고 보아 이 두 선수를 징계위원회에 회부했다.

한편 그 주말에 열린 잉글랜드 프리미어리그 15라운드 모든 경기에서는 킥오프 전에 관중은 기립하고 양 팀 선수들은 센터서클에 마주서서 1분간 박수를 치는 방식으로 만델라를 추모했다. 또한 두 선수가 속한 갈라타사라이의 홈 구장 외벽에도 만델라 추모 현수막을 내걸었다.

두 선수의 행동은 피파 규칙을 위반한 것인가? 만델라를 추모하는 것은 정치적 구호인가? 예컨대 K리그에서 10월 26일 박정희를, 5월 23일 노무현을 추모하는 티셔츠를 보이는 건 허용될 것인가? 터키축구협회의 징계 회부는 정당한 규칙 적용인가, 아니면 "이게 무슨 수작"인가? 만델라 추모가 정치적 행위라면 잉글랜드축구협회는 경기 전에 추모

프리미어리그 경기 시작 전 1분간의 박수로 만델라를 추모하고 있다.

행사를 가진 프리미어리그 모든 팀을 제재해야 한다. 정치를 축구에 끌어들였기 때문이다. 그러나 그런 일은 일어나지 않았다.

만약에 노무현이건 박정희건 그 기일에 추모 티셔츠를 입는다면 나는 둘 다 정치적 메시지로 판단할 수 있고 따라서 피파 규칙에 위배된다고 생각한다. 그러나 만델라 추모는 다른 문제다. 피파건 유럽축구연맹이건 반인종주의는 공통의 가치이다. "인종주의는 안 돼(No to Racism)"는 두 기관의 공통된 슬로건이기도 하고 인류 보편의 가치이기도 하다.

만델라는 이 인종주의에 반대하는 싸움에 전 인생을 바친 사람이다. 프리미어리그에서 경기 전에 추모 행사를 가진 것도 같은 이유이다. 인종주의에 반대하는 것이 정치적 행위인가. 터키축구협회의 행태는 "후안무치한 짓거리"로 지탄받아 마땅하다. 징계 대상은 두 선수가 아니라 터키축구협회다.


**덧붙임** 1. 드록바는 터키축구협회의 징계 소식을 듣고는 "유감스럽지만 나는 다시 또다시 이렇게 할 것이다. 정치적 신념 때문이 아니라 만델라는 나에게, 내 나라에, 아프리카 대륙에 영감을 주었기 때문이다!!! 다시 한 번 감사합니다, 만델라"라고 당당히 말했다.

2. 안팎의 비난 여론에 직면했던 터키축구협회는 청문회를 거친 뒤 결국 징계를 하지 않기로 결정하였다.

**3**. 제목의 "F**king Disgrace"는 수년 전 드록바가 첼시에 있을 때 생방송 중인 TV 카메라 앞에서 수차례 외친 말이기도 하다. 2009년 4월 바르셀로나와의 챔피언스리그 준결승 2차전에서 패배한 뒤 노르웨이 심판 오베르보의 눈에 띄는 편파 판정에 항의해 아디다스 3선 '쓰레빠'를 신은 채 카메라를 보고 "This is F**king Disgrace!!!"를 외쳤던 것이다. (나는 이 말을 실은 생생하게 "이 무슨 개같은 수작이야!!!"라고 번역하고 싶었다. 드록바는 이 일갈로 세 경기 출전 정지 처분을 받았다.)

# 실패한 메시의 대관식, 월드컵 결승전 단상*
## 메시는 정녕 축구에 대한 열정을 잃어버렸나

바르셀로나는 2014년 2월 홈구장에서 열린 경기에서 발렌시아에 2 대 3으로 패했다. 이 경기를 본 바르셀로나 전코치인 67세의 노축구인 앙헬 카파는 메시가 축구에 대한 열정을 잃어버렸다며 말했다.

"축구에는 축구에 대한 절대적인 사랑에서 비롯되는 엄청난 열정이 필요하다. 그에게는 분명 그런 열광과 열정이 있었다. 그로 하여금 경기장으로 나가 왼쪽에서 오른쪽에

---

* 이 글은 2014년 7월 13일에 열린 독일과 아르헨티나의 브라질 월드컵 결승전에 관한 글이다.

서 그리고 중앙에서 공을 쟁취하기 위해 뛰어다니고, 상대 선수 한 명을 제치고 또 한 명을 제치고 나아가도록 한 것은 경기에 대한 사랑과 열정이었다. 메시는 이제 그걸 잃어버렸다. 어떻게 그렇게 열정 없는 플레이를 하는지 이해할 수 없다. 이유는 알 수 없다. 그러나 끝이 다가오고 있다."

나는 독일과 아르헨티나의 결승전이 메시의 대관식이 되기를 바랐다. 근대 축구 150년 역사상 가장 위대한 선수로 등극하는 대관식 말이다. 클럽 축구*에서 메시는 이미 모든 걸 달성하고 기록상으로는 마라도나를 능가하는 역사상 최고의 선수임에도 그를 그렇게 공인하지 못하는 것은 월드컵 우승 기록이 없었기 때문이다. 그가 아르헨티나를 우승으로 이끈다면 그것은 역사상 최고의 선수임을 누구도 부인하지 못하는 공인인증서가 될 것이었다. 이번 결승전에 관한 나의 관심사였다.

그러나 결승전을 보면서 시간이 지날수록 노축구인의 말이 떠올랐다. 그는 뛰지 않았다. 특히 독일이 자기 진영이

---

* 클럽 축구는 그 선수가 소속된 팀 차원의 축구라는 의미다. 메시는 스페인 프리메라 리가의 FC 바르셀로나 소속이다.

나 센터서클 부근에서 공을 점유하며 공격을 준비할 때 메시는 상대를 압박하는 데 거의 가담하지 않았다. 메시는 바르셀로나에서 가장 파울을 많이 하는 선수 중 한 명이었다. 공격 일선에서 공을 되찾아오기 위해 이리저리 상대의 압박에 나선 결과였다. 그러나 이 경기에서 메시는 자기편으로부터 패스를 받기 전에는 거의 걸어 다녔다.

이 경기가 자기 인생에서 가장 중요한 경기라고 말한 선수의 플레이라고는 도저히 믿을 수 없었다. "어떻게 그렇게 열정 없는 플레이를 하는지 이해할 수 없었다." 알려지지 않은 부상이나 컨디션의 문제로도 생각해보고, 메시를 역습의 핵으로 삼은 전술의 결과로 이해해보려고도 했다. 메시가 대관식에 오르지 못한 것은 기본적으로 독일이 더 훌륭한 경기를 하였기 때문이지만, 메시 자신도 대관식의 주인공이 되기에 걸맞은 간절한 열망을 보여주지 못했다.

나의 이런 평이 눈 어두운 아마추어의 짧은 생각이기를 바란다. 그리고 메시가 이 실패를 딛고 일어서, 다음 시즌 다시 열정에 찬 플레이를 해줄 것을 기대한다. 그에게는 4년 뒤 한 번의 기회가 더 있기 때문이다.

**후일담** 나의 바람대로 메시는 월드컵 이후 바르셀로나에서 다시 열정에 찬 경이로운 플레이를 보여주었다. 아르헨티나가 러시아 월드컵의 우승 후보로 거론되고 있지 않지만, 나는 '메시의 대관식'이 이루어지는 바람을 버리지 않는다.

## | 등 번호의 역사 |

축구 규칙(Laws of the Game)에는 등 번호에 관한 규정이 없다. 등 번호는 대회를 주관하는 각 조직에서 정하고 있다. 월드컵은 피파가, K리그는 한국프로축구연맹이 정한다. 가령 K리그 '대회 요강'은 등 번호를 1~99번으로 한정하고, 1번은 골키퍼에게만 허용하고 있다.

그런데 1863년 잉글랜드축구협회가 만들어지고 나서도 65년 동안 선수들의 유니폼에는 등 번호가 없었다. 등 번호를 단 첫 경기는 1928년 8월 25일에 열린 잉글랜드리그 경기였다. 이때에는 골키퍼 1번, 라이트백 2번, 레프트백 3번, 센터 포워드 9번 하는 식으로 포지션별로 번호가 있었다. 선수별 고정 번호가 아니라 포지션별 고정 번호였다.

월드컵에서는 1954년 스위스 월드컵부터 선수마다 고정 번호를 배정하는 방식이 도입되었다. 그 뒤에도 과거의 관행을 이어받아 스타팅 멤

버가 자기 포지션에 따라 1번부터 11번까지 사용하는 경우가 많았지만, 네덜란드의 아약스와 바르셀로나의 에이스였던 요한 크루이프는 특이하게 14번을 달았고 자신의 실력으로 14번을 팀 에이스의 또 하나의 상징적 번호로 만들었다.

그러나 잉글랜드리그에서는 1993-94 시즌에 와서야 스타팅 멤버는 1~11번을 달아야 한다는 정책을 포기하고 시즌 내내 선수 개개인에게 고정 번호를 부여하는 방식으로 변경하였다. 그러니까 그 시즌의 선수 명단에 포함된 선수에게 출전 여부와 상관없이 고정 번호가 부여되고, 시즌 중에는 번호를 바꿀 수가 없었다. 이 방식은 곧 전 유럽에 채택되었고, 지금은 세계적으로 통용되고 있다.

포지션별 등 번호 제도가 없어진 지 오래지만 그 전통은 지금도 남아 있다. 후보 시절에는 고참들에 밀려 높은 숫자의 번호를 달았다가 주전으로 성장하면 포지션에 따라 1~11번의 전통적 번호로 바꾸려고 하는 경향이 있다. 아스널의 메수트 외질은 지금 11번을 달고 있지만 플레이메이커의 전통적 번호인 11번을 호시탐탐 노리고 있다.

축구와 버저 비터

내가 속한 동네축구에서 벌어진 일이다. 폭우가 쏟아지던 날 마지막 경기의 막바지였다. "주심, 그만 끝내라"라는 얘기가 여기저기서 나오는 상황에서 한 회원이 좋은 기회를 잡아 슛 동작에 들어갔으나 공이 발등에 맞기 직전에, 주심이 종료 휘슬을 불어버렸다. 물론 그 정도 장난이 허용되는 상황이었다.

경기가 끝난 뒤에 '만약에 슛을 하고서 그 공이 골대 안으로 들어가기 전에 주심이 종료 휘슬을 불었다면 득점이 인정되는지'에 관해 얘기가 오갔다. 축구에는 농구와 같이 버저 비터에 관한 규정이 없고, 인플레이 중에 주심이 휘슬을 불면 무조건 경기가 중단되기 때문에 골로 인정되지 않는다.

그런데 우리가 폭우 속에 축구를 한 바로 그날인 2016년 3월 5일, 잉글랜드 프로축구에서 실제로 그런 일이 벌어졌다.* 리그2, 즉 4부 리그 소속의 애크링턴 스탠리와 AFC 윔블던 경기에서 전반 종료 직전에 애크링턴의 빌리 키가 골대 바로 앞에서 슛을 날렸으나 주심 트레버 케틀(굳이 그의 이름을 밝혀 두고 싶다)이 공이 골대 안으로 들어가기 전에 종료 휘슬을 불어버려 골로 인정받지 못하게 된 것이다. 슛한 순간부터 공이 골라인을 넘어가기까지는 0.5초도 걸리지 않는다.

선수들이 난리가 난 건 물론이다. 주심을 둘러싸고 격렬하게 항의를 했다. 그런데 이때 애크링턴의 감독 존 콜먼(역

---

* 이 이야기는 다음 사이트에서 가져왔다.
  http://www.independent.co.uk/sport/football/football-league/accrington-stanley-denied-goal-against-afc-wimbledon-because-referee-blows-whistle-for-half-time-as-a6916681.html

시 그의 이름을 밝힘으로써 그에게 경의를 표하고자 한다)은 운동장으로 들어와 선수들의 흥분을 가라앉히고 주심이 경기장을 벗어날 수 있도록 하였다. 경기는 결국 0 대 0으로 끝났다. 경기 후 인터뷰에서 감독은 이렇게 말했다.

> 우리 선수들의 플레이에는 만족한다. 다만 운이 우리와 함께하지 않았을 뿐이다. 선수와 감독 축구 인생 46년 동안 이런 식으로 골이 인정되지 않은 것은 한 번도 본 적이 없다. 주심은 공이 네트를 향해 날아가고 있는데 휘슬을 불었다. 설명이 안 된다. 그라운드에 있는 모든 사람들이 말을 잃었다. 그러나 주심도 인간이기에 실수를 한다. 그로 인해 애깃거리와 논쟁이 생겨 축구라는 경기를 더욱 특별하게 만드는 것 아니냐.

농구에서는 슛을 한 뒤에 종료 버저가 울린 경우에도 골로 들어가면 득점이 인정된다. 이런 슛을 가리켜 버저를 이겼다고 버저 비터(buzzer beater)라 한다. 농구에서는 시간이 다 되면 기계적으로 버저가 울린다. 그러나 축구는 심판이 휘슬을 불어야 경기가 종료된다. 추가 시간이 다 된 경우에도 가능성 있는 공격 상황이 이어지면 주심은 대체로 그 상황이 마무리될 때까지는 휘슬을 불지 않는다. 추가 시간에도 다시 추가 시간을 더할 수 있고, 또 그렇게 하는 것이 축구의 인간적 본성에도 부합한다.

그 경기의 주심은 이제까지 0.5초 단위로 시간을 관리해왔을까. 도무지 이해할 수 없다. 심판이 경기를 죽이기도 하고 살리기도 한다. 그 휘슬은 경기를 죽이는 휘슬이었다. 나아가 그 휘슬은 오랜 기간 선수와 주심과 팬이 함께 쌓아 오고 만들어온 전통과 역사를 부정하는 휘슬이라 말하고 싶다. buzzer beater가 아니라 game beater, football beater 휘슬이다. 다만, 그 같은 심판의 판정에도 승복하는 감독의 스포츠 정신에 다시 한 번 경의를 표한다.

# 정의 실현이냐, 축구의 인간적 본성 유지냐

## VAR\*의 철학과 쟁점

"오심도 경기의 일부다", "오심이 경기를 망친다". 심판의 오심을 둘러싼 두 견해가 있다. 심판은 경기장을 뛰어다니면서, 그때그때 빠른 속도로 전개되는 경기 상황에 신속하게 판정을 내려야 하기 때문에 오심이 있을 수밖에 없다. 그동안 축구계는 "오심도 경기의 일부"라는 축구관의 수용과 심판의 판정 능력 향상으로 이 문제에 대응해왔다.

그러나 첨단 기술이 발전하면서 전혀 새로운 해결책이

---

\* VAR(Video Assistant Referee)는 비디오 부심을 뜻하지만 이를 포함한 비디오 판독 시스템이라는 뜻으로도 사용된다.

등장했다. 첨단 기술을 축구에 도입하여 오심을 줄이자는 것이다. 결정적 계기가 된 사건이 2010년 남아공 월드컵에서 열린 독일과 잉글랜드의 16강전이었다. 독일에 2 대 0으로 끌려가던 잉글랜드가 한 골을 따라잡은 상황에서, 전반 38분 잉글랜드 프랭크 램파드의 중거리 슛이 크로스바의 밑쪽을 맞고 골대 안쪽으로 떨어졌다가 다시 경기장 안으로 들어오는 사태가 벌어졌다. 경기장의 선수와 관중, TV로 경기를 보던 수억 명의 축구 팬들이 모두 골이라고 생각했으나 주심만은 노골을 선언하였다. 공이 골라인을 넘지 않았다고 판단한 것이다.

축구도 흐름의 경기다. 잉글랜드가 2 대 0으로 지고 있다가 2 대 1로 따라붙고 다시 2 대 2로 동점이 된다면 경기의 흐름은 잉글랜드로 넘어오기가 쉽다. 승부는 어떻게 될지 모른다. 그러나 램파드의 골이 부정된 후 잉글랜드는 더 이상 득점에 성공하지 못하고 경기는 독일의 4 대 1 대승으로 끝나고 만다. 축구사에 길이 남을 오심이었다.

그 뒤 세계 축구계는 오심에 두 가지 대처 방식을 내놓았다. 하나는 첨단 기술로 해결하자는 것이다. 경기의 공정성은 축구의 핵심 가치인데 심판의 실수로 골을 인정받지 못하는 것은 공정성이 부정되는 것이므로, 기술로써 이를 보완할 수 있다면 해야 한다는 것이다. 축구에서 정의 실현을 우선 가치로 두는 '정의론'의 입장이라고 하겠다.

국제축구연맹 피파가 이런 태도를 취하였고 골라인 테크놀러지(GLT) 도입에 앞장섰다. 피파는 2012년 7월 골라인 테크놀러지의 도입을 결정하고 2014년 브라질 월드컵에 전면 도입하였다. 잉글랜드 프리미어리그는 이보다 빨리 2013 시즌부터, 독일 분데스리가는 2014 시즌부터, 이탈리아 세리아A는 2016 시즌부터 도입하였다.

골라인 테크놀러지는 경기장에 공의 위치를 추적하는 특별한 카메라 여러 대를 설치하는 장치다. 공이 골라인을 넘었는지가 문제 되는 상황이 발생하면 즉시 기계 장치로 판독하여 그 결과가 1초 안에 주심에게 전달되고 주심이 골인지 아닌지를 선언하게 된다. 전광판과 TV 중계 화면에서도 그래픽으로 이를 보여준다. 테니스에서 인과 아웃을 판독하는 '챌린지'와 비슷하다.

다른 하나의 태도는 심판의 판정 능력을 향상시켜 해결

하자는 것이다. 유럽축구연맹(UEFA)의 태도다. UEFA는 양쪽 골대 옆에 추가 부심(Additional Assistant Referee, AAR)을 한 명씩 두는 것으로 이 문제를 해결하려고 했다. 축구에 첨단 기술을 도입하는 것은 경기의 흐름을 끊고 축구의 인간적 요소를 해치게 된다는 입장이었다. 스캔들로 물러난, 현역 시절 전설의 플레이 메이커였던 전 UEFA 회장 미셸 플라티니가 대표적인 '본성론'자였다.

골라인 테크놀러지 도입에 관해서는 정의론이 본성론보다 우위를 점한 듯하다. 그런데 첨단 기술의 도입은 더욱 나아가, 피파가 주관하는 2018년 러시아 월드컵에서는 비디오 판독 시스템이 전면 도입된다. VAR는 기술의 개입 범위가 골라인 테크놀러지를 훨씬 뛰어넘는다. 주심이 판정에 확신이 서지 않는 경우 비디오를 관장하는 부심의 도움을 받아 판정을 확정하는 제도다. 주심이 모든 판정에 VAR를 활용할 수 있는 것은 아니고 네 가지 경우에 한정된다.

골(골로 인정할 수 없는 반칙이 있었는지), 페널티킥(페널티킥을 선언하거나 하지 않는 결정에 명백한 오심을 방지), 퇴장(퇴장을 선언하거나 하지 않는 결정에 명백한 오심을 방지) 그리고 반칙 선수 확정(경고 또는 퇴장 선수를 잘못 지정하거나 누군지가 불분명할 때)의 경우에만 가능하다.

VAR의 도움을 받을 것인지는 오직 주심만이 결정할 수 있다. 선수도 감독도 그리고 VAR조차도 주심에게 이를 요청할 권한이 없다. 주심은 VAR의 조언을 듣고 경기장 안에서 최종 결정을 내릴 수도 있고, 경기장을 벗어나 터치라인 근처에 설치된 비디오 판독 구역으로 가서 직접 비디오를 확인하고 결정을 내릴 수도 있다. 가령 주심은 공격수의 반칙이 아니라고 보고 일단 골을 선언했지만 긴가민가한 경우 비디오 판독 구역으로 가서 비디오를 보고 골을 취소하고 공격수의 반칙을 선언할 수 있다는 것이다.

나는 완고한 '본성론자'다. 나는 VAR에 반대한다. 축구의 매력은 원시성과 역동성, 거기에서 비롯되는 폭발력에 있다. 인종을 막론하고 축구가 세계에서 가장 인기 있는 스포츠가 된 것도 그 때문이라고 생각한다. 나는 이것을 축구의 인간적 본성이라고 부르고 싶다. VAR는 축구의 본성을 해치는 길로 가지 않을까 걱정된다.

인간의 눈은 불완전하다. 수많은 카메라를 따라갈 수가

없다. VAR라는 첨단 시스템이 도입되면 인간인 심판은 자신의 불완전한 눈에 더욱 불안해할 것이다. 자기 판단을 밀어붙였다가 오심임이 드러나면 어떤 일이 벌어질까? VAR를 이용하지 않은 비난과 책임이 따르지는 않을까? 그렇다면 조금이라도 미심쩍을 때마다 VAR에 기대게 되지 않을까? 한 경기에 한 번밖에 쓰이지 않을 것이라고 누가 장담할 수 있을까? 한 경기에 VAR가 열 번 동원된다고 해보자. 상상이 가는가? 그것은 더 이상 축구가 아니다.

여기서 골라인 테크놀러지와 비교해보자. 골라인 테크놀러지가 비교적 수월하게 받아들여진 것은 심판의 의견이 개입하지 않고 신속하게 결정되기 때문이었다. 공이 골라인을 넘었는지 넘지 않았는지는 기계적, 물리적 판단의 문제다. 기계 장치로 1초 안에 물리적 판단을 해서 전자 장비로 바로 주심에게 전달하기 때문에 그 과정이 축구의 인간적 가치를 거의 훼손하지 않는다.

그러나 VAR는 완전히 다른 문제다. 주심이 비디오를 되돌려본다고 해도 공격수의 행위가 골을 취소해야 할 반칙인지 아닌지는 기계적, 물리적으로 결정되는 것이 아니라 결국 주심의 의견에 달렸다. 비디오를 봐도 애매할 때는 어떻게 할 것인가? K리그에서는 2017년 7월부터 VAR이 도입되었는데, 9월의 전북 현대와 대구 유나이티드의 경기에서 대구의 두 골이 VAR로 취소된 적이 있었다. 주심이 경기장을 벗어나 비디오를 보는 3분은 세 시간보다도 길게 느껴졌다. 그 경기에 판정과 승패는 있었으나 역동성과 폭발력 넘치는 축구는 없었다.

그래서 내가 받아들일 수 있는 VAR의 한계는 골과 연관된 오프사이드 위치 판정까지다. 오프사이드 반칙은 '공격수가 오프사이드 위치에 있을 것'과 '주심의 견해로 그 선수가 적극적 플레이에 관여할 것'이라는 두 가지 요소로 이루어진다. '적극적 플레이에 관여' 여부는 경기 규칙이 명시하듯이 '주심의 견해'로 판단된다. 하지만 오프사이드 위치에 있었는지의 판단은 공이 골라인을 넘었는지와 마찬가지로 기계적, 물리적 문제이다. 견해에 따라 달라질 수 없다.

그러나 고정된 골라인과 달리 오프사이드 라인은 계속 움직이기 때문에 기술적으로 골라인 테크놀러지와 같이 1초만에 판단할 수 없을 것이다. 그래서 이것도 1초까지는 아니더라도 수초 내에 또는 관중에게 자연스러운 시간 내에 판단이 가능해지는 기술적 수준에 이르렀을 때에야 도입해야 한다.

정의의 개념은 역사적이며 상대적이다. 심판의 판정으로 구현되는 축구의 정의도 인간의 능력을 한계로 하는 상대적 정의라고 생각한다. 모든 스포츠가 마찬가지지만 축구는 더더구나 인간의 스포츠다. 선수가 골문 앞에서 터무니없는 실수를 하듯 심판도 실수를 한다. "오심도 경기의 일부"라는 말은 "심판도 경기의 일부"라는 말로 고쳐져야 한다. 선수와 마찬가지로 인간인 심판에게 실수는 필연적으로 내재되어 있기 때문이다. 한계 앞에 좌절하지 않고 노력해온 것이 인간의 역사 아닌가. 그러한 노력이 축구를 더 아름다운 경기로 만드리라 믿는다.

첨단 기술의 힘에 기댄 절대적 정의론이 시대와 인종을 넘어 전 세계 축구 팬에게 감동을 선사해온 축구의 인간적 본성을 뒤흔들고 있다. 축구의 위기다.

# 인종주의자가 내 팀에 있는 한
# 나는 더 이상 내 팀을 응원할 수 없다

잉글랜드 프리미어리그 팀 '첼시'에는 존 테리가 있다. 중앙 수비수인 존 테리는 첼시에서 13년간 주장을 맡았으며, 약 6년간 잉글랜드 대표팀의 주장도 지냈다. 그는 유스 시절부터 첼시에서만 22년을 뛴 첼시 원클럽 맨으로 첼시를 대표하는 선수였으며 최고의 센터백이었다.

이런 천하의 존 테리도 나이는 어쩌지 못해 기량이 떨어지고 선발 명단에 들지 못하였다. 그는 2017년 말에 만 37세가 되었다. 은퇴의 기로에 서 있던 존 테리는 중국 진출설도 나돌았지만, 2부 리그 팀인 '아스톤 빌라'로 이적하였다. 축구 선수로서 마지막 불꽃을 태우고자 함이리라. 아스톤 빌라는 영국 제2의 도시 버밍엄을 연고로 하며 1부 리그와 FA컵을 각각 7회 우승하였다. 2016-17 시즌 전까지는 창단 후 단 한 번도 2부 리그로 떨어진 적이 없는 클럽이었다.

스티브 블룸필드는 1988년 아버지 손을 잡고 처음 빌라 파크(아스톤 빌라의 홈구장)를 찾은 이래 지금까지 30년 동안 아스톤 빌라의 팬인 직장인이다. 열세 살 때 처음 시즌 티켓을 가져본 그는 십 대 청소년기는 말할 것도 없고 성인이 되고 지금까지도 매 시즌, 아마도 틀림없이, 아스톤 빌라와 희로애락을 함께했을 것이다. 처음으로 2부 리그로 강등되었을 때의 절망감, 처음 맞은 2부 리그의 성적이 13위에 그쳤을 때의 좌절감, 새 시즌을 앞두고 당연히 품었을 1부 리그 승격의 희망, 그의 미세한 떨림까지도 모두 나에게 전해진다.

그런 그가 2017년 여름 빌라 팬을 보이콧하겠다고 선언했다. 존 테리 때문이다. 존 테리가 아스톤 빌라에 있는 한 그는 더 이상 빌라 팬이 아니며 빌라 파크에 가지 않겠다고 선언했다. 2011년에 존 테리의 인종주의 발언 때문이다.

존 테리는 2011년 첼시와 퀸스 파크 레인저스(Queens Park Rangers, QPR) 경기 때 QPR의 흑인 선수 안톤 퍼디낸드에게 "fucking black cunt"(내가 '**' 처리를 하지 않은 것은 기사에도 '**' 처리되지 않았기 때문이다)라고 하였다. 우리말로 어떻게 말해야 생생할까? "* 같은 *둥이 *새끼"라 하면 될까? 우리말로는 생략 처리하지 않을 수가 없다.

존 테리는 기소되었으나 1년 뒤 무죄 판결로 종결되었으며, 축구협회로부터는 네 경기 출장 정지 처분을 받은 게 다였다. 블룸필드는 축구가 아니라 다른 직종이었으면 무죄 판결을 받았다고 하더라도 직장에서 쫓겨났을 것이라며 축구계에 만연한 인종주의를 비판했다. 참, 이 얘기를 해둬야겠다. 그는 백인이다. 2016-17 시즌 프리미어리그의 TV 중계권료는 28억 라운드에 달했으나 프리미어리그가 축구계의 반인종주의 기구인 'Kick It Out'에 기부한 금액은 고작 12만 5,000파운드였으며, 존 테리의 이적과 관련하여 그의 이 인종주의 발언을 문제 삼은 언급조차 찾아볼 수 없다고 한다.

존 테리가 비록 커리어의 마지막 단계에 있긴 해도 한때 잉글랜드 최고의 센터백으로서, 1부 리그 승격을 달성해야 하는 아스톤 빌라의 전력에 여전히 큰 도움이 될 것이 분명하다. 하지만 블룸필드는 존 테리의 빌라 이적을 보고 이렇게 결심한다.

> 버밍엄은 다인종 도시이고 아스톤 빌라는 다인종 팀이다. 그런 말을 하고도 아무런 뉘우침도 없는 사람이 내 도시의 내 팀에 있다고 생각하면 말을 할 수 없을 정도로 우울하다. 그런 선수를 영입하면서 어떻게 인종주의에 반대한다고 할 수 있는가? 내가 할 수 있는 일은 지지를 철회하는 것뿐이다. 물론 나는 내 결정이 어떤 변화를 이루어낼 것이라 믿을 만큼 순진하진 않다. 그러나 나는 존 테리가 빌라 유니폼을 입는 한 내 친구들에게 '빌라는 내 팀'이라고 말할 수도 없고, 내 아들에게 '빌라는 네 팀'이라고 말할 수도 없다. 존 테리가 빌라 선수인 한, 나는 빌라 팬이 아니다.*

나는 달라지는 게 없을 거라는 걸 알지만 '할 수 있는 유일한 일은 지지를 철회하는 것뿐'이라는 그의 결심에 깊이 공감한다. 아무리 사소하더라도 할 수 있는 일조차 하지 않으면 정말 어떤 변화도 일어나지 않기 때문이다. 그리고 축구 팬으로서 자기 팀의 경기를 보지 않겠다는 그의 결심이 결코 사소하지 않음을 알기에 더욱 공감하고 경의와 지지를 보낸다. 30년 팬이 자기 팀의 경기를 더 이상 보지 않고 더 이상 응원하지 않겠다는 것은 생활의 한 축을 들어내야 하는 일이기 때문이다.

---

* 이 이야기는 다음의 사이트에서 인용하였다.
  https://www.theguardian.com/commentisfree/2017/jul/05/aston-villa-fan-boycott-john-terry-racist-past

## 오프사이드 애국주의를 논박한다

　신문선이라는 축구 해설자가 있었다. 신문선은 2006년 독일 월드컵 조별 예선 때 한 방송사의 해설 위원이었다. 한국의 예선 마지막 경기인 스위스와의 경기에서 선심은 스위스 선수의 골에 대해 오프사이드 깃발을 들었으나 주심이 이를 인정하지 않아 골로 인정된 사건이 있었다. 이때 신문선은 오프사이드가 아니라며 주심의 판정을 지지하였다.

　신문선은 이 해설로 월드컵 도중에 해설 위원을 그만두게 되었다. 이 사건은 축구의 핵심 규칙이라 할 오프사이드 규칙 자체로도 아주 흥미진진한 쟁점을 포함하고 있지만,

축구 바깥 우리 사회에 위험 요인으로 내재해 있는 애국주의와 관련해서도 중요한 화두를 던진다.

## 한국 대 스위스전 개요

당시 한국은 프랑스, 토고, 스위스와 함께 G조에 속해 있었다. 토고에 2 대 1로 이기고 프랑스와 1 대 1로 비긴 뒤 마지막 상대가 스위스였다. 토고 대 프랑스전과 같은 시간에 열렸는데 결과적으로 프랑스가 2 대 0으로 이겼기 때문에 우리는 비겨서는 골 득실차에서 프랑스를 앞서기 힘들고, 16강에 진출하려면 반드시 이겨야 하는 게임이었다.

스위스는 전반전에 먼저 한 골을 넣어 1 대 0으로 앞서고 있었다. 후반 31분에 스위스 공격수 알렉산더 프라이의 문제의 골이 터졌다. 상황은 이랬다.

한국 페널티박스 전방에서 스위스의 5번 선수가 동료에게 옆으로 패스를 한다. 이때 더 위쪽에 있던 한국의 이호가 아래쪽으로 내려오며 발을 뻗는다. 이호의 발에 맞은 공은 페널티박스 바로 앞에 있던 스위스 프라이에게로 간다. 프라이가 이 공에 플레이할 때 선심은 오프사이드라 보고 깃

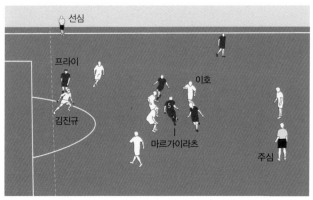

스위스 5번 선수가 패스하는 순간 프라이는 오프사이드 위치가 아니다.*

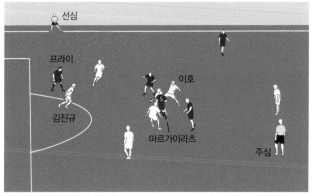

한국의 이호가 발을 뻗어 공을 가로챘으나 이 공은 프라이 앞으로 갔다.*

---

\* 이 그림은 당시 중계 화면을 그대로 그린 것이다.

발을 든다. 그러나 주심은 오프사이드를 인정하지 않는다. 프라이는 플레이를 계속하여 골키퍼 이운재를 제치고 골을 넣는다.

이 골은 월드컵과 관련해서는 한국의 16강 진출을 확실히 좌절시키는 골이 되었고, 오프사이드가 아니라고 해설한 신문선과 관련해서는 여론의 집중 공격을 받아 월드컵 도중에 해설 위원을 그만두는 계기가 되었다.

### 오프사이드 반칙인가 아닌가

결론은 오프사이드 반칙이 아니다.

첫 번째 쟁점은 스위스 5번 선수가 옆으로 패스를 하는 순간 프라이가 오프사이드 위치에 있었는가이다.* 이때 프라이가 온사이드 위치에 있었다면 그다음 논란은 다 필요 없는 것이다. 그런데 정지 화면을 보면 스위스 5번 선수가

---

* 오프사이드 반칙은 공격수가 공을 패스하는 순간에 다른 동료 공격수가 공과 상대방의 최종 두 번째 수비수보다 골라인에 가까이 있다가(즉 오프사이드 위치에 있다가) 공을 받는 등 경기에 적극적으로 개입할 때 성립하는 반칙이다. 간단하게 말하면 수비수보다 상대방 골대 쪽에 가까이 서 있다가 공을 받으면 안 된다는 것이다.

패스하는 순간에 우리 최종 두 번째 수비수인 김진규가 프라이보다 분명히 내려와 있었다. 따라서 프라이는 무조건 오프사이드가 될 수 없다.

그러나 정지 화면으로 보면 오프사이드 위치가 아니라는 것을 분명히 알 수 있지만 실전에서는 이 정도 간발의 차이는 얼마든지 잘못 판단할 수 있다. 선심도 프라이가 김진규보다 아래쪽에, 즉 오프사이드 위치에 있었다고 보고 깃발을 든 것이다. 주심이 오프사이드 반칙을 선언하지 않은 것도 프라이가 온사이드라고 보았기 때문이 아니다. 주심은 공 주변의 플레이를 보고 있었기 때문에 프라이의 위치를 볼 수 없다. 주심은 공격수의 오프사이드 위치 여부는 전적으로 선심의 판단에 따른다.

두 번째 쟁점은 이호의 가로채기와 관련한 것이다. 이것은 스위스 5번 선수가 패스할 당시 프라이가 "오프사이드 위치에 있었다고 전제"한 논의다. 스위스 5번 선수가 패스한 공은 예기치 않게 이호의 발에 맞고 굴절된 것이 아니라, 이호가 적극적으로 개입하여 그 공을 가로채려 하였다. 다만 가로챈 공이 생각과 달리 프라이에게 갔을 뿐이다. 즉 이호의 의도적 플레이로 공이 오프사이드 위치에 있던 스위스 프라이에게 간 것이다.

그런데 축구 경기 규칙에 따르면 공격수가 오프사이드 위치에 있었더라도 자기 팀이 아닌 상대방의 의도적인 플레이로 온 공을 플레이하는 것은 공격수가 이득을 얻은 것으로 보지 않기 때문에 오프사이드 반칙이 될 수가 없다. 주심은 이호가 발을 뻗은 것을 의도적인 플레이라고 본 것이다. 이것은 공이 의도치 않게 상대방을 맞고 굴절된 경우와 다르다. 주심의 판단이 정확했음은 물론이고, 주심은 부심이 오프사이드 깃발을 들었다고 하더라도 이러한 경우 당연히 오프사이드 반칙을 선언하지 않을 수 있다.*

### 오프사이드 애국주의

마지막 쟁점은 축구와는 무관한 이 경기 이후의 사태 전개 과정에 관한 것이다. 오프사이드가 아니라고 한 신문선

---

\* 당시 신문선은 '횡패스(옆으로 하는 패스)'에는 오프사이드가 적용되지 않는다고 했으나 정확한 해설은 아니다. 오프사이드는 횡패스뿐 아니라 자기 진영 방향으로 하는 백패스에도 적용된다.

은 월드컵 도중에 해설 위원을 그만두었다. 한국에서 매국노로 취급당하고 비난 여론이 거세진 탓이 아닐까 짐작한다. 오프사이드가 무슨 홍길동도 아닌데, 호형호부를 못 하고 오프사이드가 아닌 것을 아니라고 부르지도 못하는 사태가 발생한 것이다.

전문가가 밝힌 견해가, 그것이 맞건 틀리건, 한국 팀의 이익에 반한다는 이유로 정신적 집단 린치를 가한 것이다. 황우석 사태로 온 나라에 애국주의 광풍이 몰아친 것이 바로 그 전해인데 규모는 작지만 본질적으로 그와 동일한 사건이다. '오프사이드 애국주의' 사태라고나 할까.

생각해보면 한국 사회는 한편으로 극우적 애국주의와 다른 한편으로 건강한 민족적 열정 또는 민주적 신념을 동시에 가지고 있는 듯하다. 2002년 월드컵과 미선이·효순이 촛불, 2004년의 탄핵 촛불, 2008년의 광우병 촛불이 후자의 예라면, 2005년의 황우석 사태와 2006년의 신문선 사태는 전자의 예가 아닌가 한다. 별개의 사람들이 따로따로 만든 사건이 아니다.

뜨거운 감정을 불러일으키는 축구는 극우적 정치 운동

과 쉽게 뒤섞일 만한 요소를 갖추고 있다. 세계적으로 그러한 예는 많다. 축구 팬으로서, 축구가 애국주의의 도구가 되지 않고 민주적 열정의 촉매제가 되려면 무엇을 어떻게 하여야 하는지 생각하게 된다.

정 변호사의 재미있는 FOOTBALL CASE

| 오프사이드는 왜 반칙이 되었는가 |

단순하다는 축구 규칙 중에서 가장 복잡한 것이 오프사이드 반칙이다.
여기서는 공격수가 상대방 수비수보다 더 골대 쪽에 있다가 자기편으
로부터 패스를 받으면 반칙이라는 정도로만 이해해도 충분하다. 축구는
골을 많이 넣으면 이기는 경기인데, 오프사이드는 골을 넣지 못하도록
만든 규칙이다.

'풋볼'이 자료상 처음으로 나타난 것은 1314년 런던시장이 공포한 '풋
볼금지령'인데 이 풋볼금지령은 1847년까지 42회나 이어졌다. 이때의
풋볼은 참회화요일이나 재의 수요일 등에 마을이나 교구 단위로 성인
남자 수백 명이 참가하여 '하루 종일' 즐기는 축제였다. 그래서 먼저 상
대방 골에 공이 도달하면 승부가 결정되는 이 경기가, 짧은 시간에 끝
나서는 안 된다는 것을 양쪽이 암묵적으로 중요하게 생각하고 있었다.

이렇게 마을 전체가 무대인 근대 이전의 매스풋볼은 일상과 밀접하게 연결된 것이어서 인클로저 운동에 저항하는 수단이 되기도 하였다. 그러나 근대화가 진행됨에 따라 스포츠가 일상에서 분리되어 거리의 풋볼은 공터의 풋볼로, 다시 유명 공립학교를 중심으로 한 교정의 풋볼로 변모했다(축구와 럭비가 분화하기 이전이어서 풋볼로 표시하였다).

그런데 럭비교(校) 등 교정의 풋볼에서도 '축제로서의 풋볼' 전통이 이어져, '오래 즐기기'와 '1점 선취' 규칙이 반영되었다. 또한 당시 교정의 풋볼은 공을 중심으로 밀집하여 상대방의 다리를 걸어차기도 하는 거친 운동이었다. 이 밀집 상태에서 벗어나는 것은 남자답지 못한, 바람직하지 않은 행위로 여겨졌다. 자기편에서 떨어져 나오는 행위(off his side)인 오프사이드는 풋볼의 진수인 '남자다움'이 발휘될 수 없게 하므로 이를 반칙으로 규정하여 금지하고, 또한 축구가 '1점 선취' 경기에서 전해져 온 경기인 만큼 1점을 쉽게 얻을 수 없도록 하려고 고안된 규칙이다.

* 이 이야기는 나카무라 도시오의 《오프사이드는 왜 반칙인가》(뿌리와이파리)에서 가져왔다.

# 결승전의 희로애락과 인간의 언어

인간은 희로애락의 감정을 어떤 언어로 표현할까? 그런 관점에서 너무나 재미있게 본 동영상이 있다.* 2018년 5월 27일 런던에서 있었던 아스널과 첼시의 잉글랜드 FA컵 결승전 경기 중계방송을 미국 필라델피아의 아스널 팬들이 한곳에 모여 TV로 지켜보는 모습을 담은 동영상이다.

장소는 필라델피아에 있는 미스컨덕트 태번(Misconduct

---

* https://www.youtube.com/watch?v=yypE4NEttTw. 9분 40초짜리 동영상이며 'Philly Gooners FA Cup Final 2017(Arsenal vs Chelsea)'로 검색해도 된다. Philly Gooners는 필라델피아의 아스널 팬이라는 뜻이다.

Tavern)이라는 술집이다. 우리말로는 '비행(非行) 술집'쯤 되겠다. 먼저 경기 내용을 알고 보는 게 훨씬 재미있다.* 이 경기에서는 경기 시작 전에 5일 전에 일어난 맨체스터 테러의 희생자들을 추모하는 1분간의 묵념이 있었다. 9분 40초짜리 이 비디오는 1분의 묵념을 전혀 편집하지 않고 온전히 보여준다. 술집의 비행 성인들과 비디오 편집자의 품격이 드러나는 대목이다.

아스널의 산체스가 전반 4분에 선제골을 넣었으나 주심이 선심과 오프사이드 여부를 의논하느라 1분 뒤에야 골을 선언한다(비디오 2:00~3:00). 골이 들어갔다고 좋아한 것도 잠시, 머리를 움켜쥐고 초조하게 기다리다가 주심이 판정 휘슬을 불자 바로 함성이 터져 나온다. 역시 기쁨의 언어는 함성이다. 골은 축구의 절정, 경기 내용을 모르더라도 함성의 크기로 골인지를 알 수 있다.

숫이 골대를 맞고 나온다든가 하는 좋은 기회를 놓친 상황도 대번 알 수 있다. 솟구쳐 오르던 기대가 충족되지 못하

---

* 이 글에 흥미를 느낀 독자는 꼭 동영상을 찾아보기를 권한다.

골이 들어갔다! 기쁨의 제일 언어는 역시 함성!

는 안타까움의 언어는 탄식이다. 밑으로 꺼져 내려가는 탄식. 상대방 선수의 퇴장은 물론 우리의 기쁨이다. 후반 13분 1 대 0으로 뒤진 상태에서 첼시 선수 한 명이 퇴장 당하자 우레와 같은 함성이 터져 나온다(비디오 5:06).

그렇다면 좌절과 절망의 언어는 무엇일까? 가령 동점골을 먹은 상황 말이다. 이러다가 우승을 놓치는 것 아닌가 하는, 떨쳐버릴 수 없는 밑 모를 두려움의 언어는 무엇일까?

그것은 침묵이다. 완전한 침묵. 후반 31분 첼시는 동점골을 넣는다. 아무도 말이 없다. 완전한 침묵이다. 이 동영상의 하이라이트다(비디오 5:57~6:35). 우승까지 불과 15분밖에 남지 않았는데 경기는 원점으로 돌아가고 우승의 꿈은 물거품이 될지도 모르는 상황이 벌어진다. 입을 다물고 침묵으로 두려움에 떠는 것보다 그 좌절감을 잘 표현할 방법이 있을까? 이 경기를 생방송으로 보던 나도 입을 굳게 닫았음은 물론이다.

좌절을 이겨내는 용기의 언어는 또 무엇일까? 그것은 함성이되, 골을 넣었을 때와 같은 하이톤의 긴 절규가 아니라 짧고 굵은 외침이다. "괜찮다!!! 다시 시작하자!!!" 하면서 선수와 자신을 격려하는 굵고 짧은 외침.

아스널은 실점하고 3분 뒤에 바로 추가 골을 넣는다(비디오 7:15). 이때 함성의 높이와 길이는 첫 골 때와 비교도 되지 않는다. 비행 술집의 지붕이 들썩인다. 우승이 눈앞에 다가왔기 때문이다. 마지막까지 추가 골의 기회를 놓친 탄식이 몇 차례 더 나오다가 종료 휘슬과 함께 기쁨은 최고조에 오르고, 높고 크고 긴 함성이 비행 술집을 가득 메운다 (8:47).

# 사람들은 왜 축구에 빠지는가

축구는 세계에서 가장 인기 있는 스포츠다. 19세기 후반 영국에서 확립된 근대 축구는 마치 같은 시대 빅토리아 여왕의 영국이 전 세계로 뻗어나간 것처럼 대륙과 인종의 차이를 넘어 전 세계로 퍼져나갔다. 축구는 가히 빛의 속도로 지구를 점령하였다고 할 만하다.

그리하여 특별한 장치라고는 아무것도 없이, 양 끝에 덩그러니 골대만 세워져 있을 뿐인 넓은 운동장에서, 달랑 공하나만을 놓고 스물두 명이 이리 뛰고 저리 달리는 경기가 대부분의 나라에서 가장 인기 있는 스포츠가 되어 있다. 축구의 무엇이 사람들의 마음을 휘어잡았을까? 세계를 정복한 축구의 미학은 무엇인가?

첫째, 축구는 인간에게 내재된 원시성이 구현된 경기다. 넓은 경기장에서 작은 공 하나를 두고 스물두 명이 짐승처럼 뛰고 달린다. 먼 옛날 사슴 한 마리를 잡기 위해 함께 벌판을 달리던 수렵시대 인간의 모습이 연상된다. 인간이 정착하여 농경생활을 시작한 지는 불과 1만 년. 그 전 수십만 년 동안 호모사피엔스는 생존을 위해 벌판을 달렸다. 축구는 그 원시적 열정의 스포츠다.

규칙은 단순하고 직관적이다. 축구를 한 번도 본 적 없는 사람이라 해도 경기장과 공만 보면 골대 안으로 공을 집어넣는 경기라고 짐작할 수 있다. 실은 그것이 축구 규칙의 핵심이다. 야구는 경기장만 봐서는 어떻게 하는 경기인지 짐작조차 할 수 없다. 축구에는 인위적이거나 기교적인 장치가 거의 없다. 축구와 함께 공통의 조상에서 갈라져 나온 럭비만 해도 복잡하다. 그 미국판인 미식축구는 더 말할 것도 없다.

둘째, 역동적이다. 물론 모든 스포츠는 역동적이다. 축구를 더 역동적인 스포츠로 만드는 것은 넓은 경기장과 많은 숫자의 선수와 끊기지 않는 경기의 흐름 때문이다. 농구도 쉼 없이 뛰어야 하지만, 실내의 좁은 마루 코트와 드넓은 잔디 운동장의 역동성은 규모에서 비교가 되지 않는다. 한두 명이 하는 개인 경기에 비해 집단 경기가 더 역동적이다. 그것은 일인 시위와 집단 시위의 차이와도 같다. 축구는 경기 도중 인위적인 중단이 거의 없다. 작전타임도 없다. 90분 동안 전후반 사이에 단 한 번 멈출 뿐이다.

그러나 축구가 역동적인 것은 무엇보다도 그 넓은 운동 장에서 이기기 위해 사용할 수 있는 것은 오직 맨몸뿐이라는 사실 때문이다. 두 다리로 숨이 턱밑에 차도록 달리고 몸을 던져 막아야 한다. 상대방과 치고받지 않을 뿐 몸과 몸이 격렬히 부딪친다. 감독의 창의적인 공격론과 과학적인 수비론을 구현하는 것은 오로지 내 몸의 힘과 스피드와 지구력과 유연성뿐이다. 잘 단련된 몸뿐이다. 축구는 인간 맨몸의 집단적 역동성의 최고치를 보여주는 스포츠다.

셋째, 폭발적이다. 그 정점에 골이 있다. 야구의 역전 끝내기 홈런도 짜릿하고 농구의 버저 비터도 환호성을 지르게 한다. 그러나 야구, 농구를 비롯해서 점수로 승부를 내는 모든 스포츠를 통틀어 단 한 점이 갖는 폭발력을 축구에 견줄 만한 것은 단언컨대 없다. 90분 동안 단 한 골밖에 들어가지 않은 1 대 0의 경기가 전혀 지루하지 않은 것은 그 한 골을 기다리는 숨 막히는 긴장이 있기 때문이다. 그 한 골은 드디어 맞닥뜨린 사냥감의 심장에 마지막 창을 꽂아 넣는 것과도 같다.

마지막으로, 축구는 비장하다. 이것은 특히 패배의 미학이다. 이기는 자가 있으면 지는 자가 있다. 축구의 폭발력이 승자의 환호로 이어질 때, 이기겠다는 열정으로 90분 내내 온몸을 던졌던 패자의 눈물은 더욱 비장하다. 그늘이 햇살을 더욱 빛나게 하듯, 비장한 패배는 축구를 더욱 아름답게 만든다.

그렇다. 축구는 단순하고 직관적인 원시성을 유지하면서도 어느 스포츠보다 역동적이고, 그 힘이 모이면 단숨에 화산처럼 폭발하는 격정의 스포츠이면서도 비장한 슬픔이 내재되어 있는 스포츠다.

전 세계의 축구 팬들은 매 시즌 매 경기 자신이 응원하는 클럽과 희로애락을 함께한다. 우리에게 축구는 무엇인가. 열광과 좌절의 대상을 넘어 우리 삶에 어떤 가치를 가질 수 있을까.

# 2부

# 나는 이런 축구를 하고 싶다

## 나의 동네축구 이야기

## 구단주에서 동냥아치로, 다시 감독으로

### 축구 인생 7년을 돌아보다*

　2009년 6월 타의 반 자의 반으로 정부법무공단**을 그만
두고 6개월이 지나자 나는 축구할 곳을 잃어버렸다. 2008
년 2월 정부법무공단에 창단 멤버로 입사하자마자 나는 축
구 동아리 창설을 발의하여 일반직 직원 대부분과 변호사
몇 명과 함께 축구 동아리를 만들고 회장을 맡았다. 말하자
면 초대 구단주였다. 비록 한 달에 한 번이었지만 즐겁게 운

---

\* 　이 글은 2014년 12월 29일, 이듬해 이우FC 감독 취임을 앞두고 썼다.
\*\* 　정부법무공단은 국가와 지방자치단체와 공공기관만을 대리하도록 2008년 2월
　　설립된 공공기관이다.

동하고 마음을 터놓는 좋은 모임이었다.

정부법무공단을 그만두고도 나나 회원들 모두 원하던
바여서 한 달에 한 번 계속 같이 공을 찼으나, 어느 날 정부
법무공단에서 축구동호회 회원들이 나와 어울려서는 안 된
다는 조치가 내려져 그마저도 할 수 없게 되었다(그 사정은
코미디라고 하기도 모자라지만 한국 주류 보수층의 정신 구조를 이
해할 수 있는 좋은 사례이기도 하다).

나는 공 찰 데가 없는 낙동강 오리알이 되어버렸다. 이때
나를 구해준 이가 이우FC*의 단장을 맡고 있는 친구였다.
이우와는 정부법무공단 시절 두 차례 경기를 가진 적이 있
었다. 그런 인연이 있으니 이우에 나와서 공을 차라는 것이
었다. 회원으로 가입하라는 얘기가 아니라 한 번씩 와서 축
구를 하고 갈증을 풀라는 것이었다.

생각해보라. 한두 번 경기 한 적이 있다고 해서 아무도
모르는 팀에서 공을 찬다는 것이 얼마나 민망한 짓인가를!
그러나 답답한 자가 샘을 파는 법이다. 몇 달을 그냥 보내다

---

* 이우FC(Football Club)는 이우중학교와 이우고등학교 전·현 학부모로 이루어
진 축구 모임이다.

가 드디어 청하지 않은 손님으로 이우FC에 첫발을 들이밀었다. 그 민망함이란! 그걸 이기지 못하면 진정한 축구인이라 할 수 없다는, 말도 안 되는 자기 최면이 필요했다.

몇 달에 한 번씩 그렇게 네댓 번을 나갔다. 당시 나는 구파발에 살았는데 용인 수지까지 왕복 네 시간 여행을 하고서 그 민망함을 무릅쓰고 축구를 한 것이다. 그 축구에 내가 붙인 이름이 바로 '동냥축구'다. 동냥축구, 다시 생각해도 기가 막히는 작명이다.

그러다가 친구가 이우FC에 정식으로 가입하라는 제의를 했다. 학부모도 아닌 내가 무슨 자격으로 가입하냐며 손을 내저었으나 회칙에 운영진이 합의하면 특별 회원을 둘 수 있고 선례도 있다고 했다. 내심 이게 웬 떡이냐 싶었지만 마지못한 척 응했더니 얼마 뒤 정식으로 나오라는 것 아닌가. 그게 2012년 6월 말이었다.

지금의 중경말축의 생활은 그렇게 이우FC와 함께 시작되었다. 그러나 마음의 어려움은 여전했다. 민망함은 조금씩 줄어들었지만 조심스러움이 그 자리를 대신했다. 회원이 되었어도 나는 여전히 스스로 '객'이라고 생각했기 때문에 모임 운영에 관해서는 일절 발언하지 않고 오로지 국으로 축구만 하였다.

이우FC에서는 경기 중에 실수를 하면 쉬고 있는 회원들로부터 사정없이 야유가 날아든다. 가령 패스를 하지 않고 공을 몰다가 뺏기는 경우가 그렇다. 물론 정색을 한 질책이 아니라 장난기 섞인 야유다. 그러나 나에게는 야유를 못 할 것이기 때문에,* 나는 아예 공을 뺏기지 않으려고 공을 받기 전에 어디로 패스할 것인가부터 생각했다.

대신에 열심히 한 것이 두 가지 있었다. 하나는 뒤풀이였다. 이십 대 대학 시절부터 본 편보다는 뒤풀이가 더 중요하다는 것을 체질화한 터여서 뒤풀이에 빠짐없이 참석해 술을 마셨다. 이 자리에서도 거의 말이 없었음은 물론이다. 어색할 텐데도 뒤풀이에 꼬박 참석하는 것이 대단하다는 회원들 얘기가 들려오기 시작했다.

또 한 가지는 게시판 글쓰기였다. 축구 규칙 해설, 축구와 사회·정치 같은 이야기를 올리기 시작했고 회원들도 재

---

* 내가 외부에서 온 신입 회원이기도 했고 나이도 최고령층에 속했기 때문이다.

미있게 읽어주었다. 그동안 게시판에서 볼 수 없던 글이어서 더 그랬던 것 같다.

그렇게 시간이 흐르면서 마음속 어려움도 조금씩 줄어들었다. 말수도 조금씩 많아지고 경기 중에 고함도 나오기 시작했다. 또한 축구에 관한 한 팀 내에서 최고의 이론가로 자리 잡아갔다. 입단 1년여가 지난 뒤의 가을 엠티 때는 강의 요청을 받아 '축구란 무엇인가'라는 제목으로 '축구가 인간의 존엄성을 지키는 데 무엇을 할 수 있는가'를 한 시간 동안 이야기하기도 했다.

그해 말 친구가 단장으로 선출되더니 드디어는 나에게 2014년도 심판위원장을 맡아달라고 했다.* 물론 거절했다. 굴러온 돌이 그렇게 나서면 안 된다는 이유였다. 그러나 "당신이 해도 전혀 문제될 게 없다", "아무도 당신을 객으로 생각하지 않는다"는 따위의 설득에 심판위원장을 맡기로 했다. 굴러온 돌이 1년 반 만에 이른바 임원진에 입성한 것

---

* 이우FC는 외부 팀과는 1년에 한두 차례 경기하는 정도였고 회원들을 나누어 내부 팀 경기로 모임을 운영했으며, 동네축구에서는 아주 드물게 매 경기 주심과 선심을 세웠다. 심판위원장은 이 심판 운영을 총괄한다.

이다.

심판위원을 모집하고 기초적인 심판 교육을 하고서, 종전에 아무나 보던 심판(주심과 선심)을 교육받은 심판위원만 보는 것으로 바꾸었다.* 너나없이 아마추어들이어서 오심이 다반사였지만 그래도 회원들은 대체로 지지해주었다. 경기를 뛰고 들어와서 다른 사람들이 쉬는 동안에 다시 심판을 보는 것인 만큼 그 노고를 인정하는 것이리라.

좋은 일만 있었던 것은 아니다. 내가 주심을 맡은 경기가 끝난 뒤 한 회원이 거칠게 항의하는 일이 발생하기도 했다. 나는 아무런 대꾸도 하지 않고 듣기만 했다. 그때도 조심스럽기는 마찬가지였다. 그때 입은 내상으로 3주간 운동장에 나가지 못했다.** 또 내가 계획한 대로 교육이 진행되지도 못했다. 동네축구에서 그렇게까지 할 필요가 있나 하는 분위기가 느껴져 강하게 추진하질 못했다.

그러나 심판위원장 1년은 내가 팀에 완전히 녹아드는 과

---

* 심판위원장은 전부터 있었지만 경기 규칙 교육을 한 적은 없었다.
** 이 회원은 이 일로 회원들 앞에서 공개적으로 사과했으며 지금 나와는 아주 잘 지내고 있다.

정이었으며 회원들과도 더 돈독한 관계를 맺는 시간이었다. 심판위원회도 어느 정도 자리를 잡았다. 이제 나는 다음 해에 능력 있고 성실한 후배에게 위원장을 넘기고 돕기만 하면 되는 상황이 되었다.

바로 그때, 연임하게 된 단장이 이번에는 이듬해 감독을 맡아달라고 하는 것 아닌가. 더구나 그해의 3팀제(세 팀으로 나누어 팀끼리 돌아가며 경기하는 방식)를 이듬해에 2팀제로 변경하는데 그중 한 팀을 맡아달라는 것이다. 이번에는 정말 단호하게 거절했다. 감독은 팀의 중심이고 운동장에서 경기와 관련한 모든 일을 결정하는 권한을 갖기 때문에 그건 학부모 출신이 맡아야지 내가 맡을 일이 아니라고 강하게 반대했다. '육두품 불가론'을 제기한 것이다.

그러나 이번에도 결국 수락하고 말았다. 두 가지 이유가 있었다. 먼저 단장뿐 아니라 팀 후배들이 나를 설득하고 나섰다. "형님은 육두품이 아니다", "그만한 자격이 충분하다" 등등. 육두품 불가론은 전제가 잘못된 논거라는 것이다. 용기를 주는 고마운 이야기들이었다.

둘째는, 그렇게 용기를 얻자 '한번 해보자'는 생각이 들

나는 내가 내린 정의에 부합하는 축구를 하고 싶다.

기 시작했다. 이번에 감독을 안 하면 언제 축구 감독을 해보겠냐는 욕심도 발동했다. 내 축구 인생에서 처음이자 마지막인 감독 아니겠냐는 것이었다.

나는 축구를 자유로운 창의성과 정교한 전술을 바탕으로 인간의 원시적 열정과 맨몸의 역동성이 빚어내는 극한의 집단행위예술이라고 정의 내리고, 축구장은 그 역동적 원시예술이 펼쳐지는 격정의 오페라하우스라고 생각해왔다. 2년 반 전 동냥축구에 급급하던 내가 이제 이 집단행위예술 격정 오페라의 총감독이 된 것이다. 새로운 도전이다.

이제 적응하고 녹아드는 것이 아니라 조직하고 격려해야 한다. 당연히 공부도 해야 한다. 비록 동호회의 동네축구지만 나는 내가 내린 정의에 부합하는 축구를 하고 싶다. 정교한 이론과 자유로운 창의성은 몰라도, 적어도 원시적 열정과 맨몸의 역동성은 구현할 수 있지 않겠는가. 오십 대 중반의 내 삶도 그만큼 더 열정에 차고 역동적이 되길 희망한다.

격정의 2015년이 다가온다.

# 감독 취임사[*]

중책을 맡아 부담이 작지 않습니다. 열심히 하겠습니다. 많이 도와주시기 바랍니다. 제가 생각하는 보인 팀의 방향은 다음과 같습니다. 팀원 여러분과 이런 팀을 함께 만들어 가고 싶습니다.

1. 내가 재미있는 축구
2. 팀으로서의 경기

---

[*] 이 글은 2015년도 감독으로 결정된 뒤 2014년 12월 23일 이우FC 게시판에 올린 글이다.

## 3. 살아 있는 뒤풀이

팀 운영을 위해 아래 사항을 알립니다.

### 1. 내부 팀 분류

총회에서 단장께서 밝히신 대로 2015년에는 보인과 이우가 각각 내부적으로 '팔팔이'와 '즐기세'(이 이름은 임시이고 같이 좋은 이름을 만들어보겠습니다)로 나누어, '팔팔이'는 '팔팔이'와, '즐기세'는 '즐기세'와 경기를 갖는 것을 원칙으로 운영됩니다.*

보인 팀의 '팔팔이'와 '즐기세'는 팀원의 희망을 기초로 나누겠습니다. 그런데 이 분류는 고정적인 것이 아니라 유동적입니다. '팔팔이'에 있다가도 좀 느긋하게 차고 싶다면 '즐기세'로 옮길 수 있고, 반대로 '즐기세'에 있다가 이젠 좀 세게 차고 싶다면 '팔팔이'로 옮길 수 있습니다. 또 희망이

---

* '보인(補仁)'과 '이우(以友)'는 이우FC 내부 팀의 이름이고, 그 안에서 강도 높은 축구를 원하는 회원들은 '팔팔이', 좀 느긋한 축구를 원하는 회원들은 '즐기세'로 나누어, '팔팔이'는 '팔팔이'끼리 '즐기세'는 '즐기세'끼리 경기를 하도록 하였다.

한 쪽으로 치우칠 경우에는 감독이 적절하게 조정하겠습니다. 그러니까 '팔팔이'를 희망하신 팀원은 자동적으로 2순위로 '즐기세'를 지원하신 셈이고, '즐기세'를 지원하신 팀원은 마찬가지로 '팔팔이'를 2순위로 희망하신 걸로 생각해 주시기 바랍니다.

팀 지원에 도움이 되라고 다섯 가지의 지표를 만들었습니다. 모두 1번과 2번으로 나뉘어 있는데 1번이 3개 이상이면 '팔팔이'가, 반대로 2번이 3개 이상이면 '즐기세'가 적당하다고 보시면 되겠습니다.


1. 기량

① 내가 생각해도 나는 공을 좀 찬다.

② 나도 언젠가는 공을 좀 찬다는 소리를 듣고야 말겠다.


2. 체력

① 미드필더와 공격수도 수비에 적극 가담해야 한다.

② 아이고, 그렇게 하고 싶어도 못 한다.

3. 축구관

① 암만 동네축구라도 찰 때 죽기 살기로 차야 한다.

② 취미 생활인데 그럴 것 있나, 즐기며 차야지.


4. 반칙

① 축구는 몸싸움, 반칙은 있을 수밖에 없다.

② 반칙은 싫어, 반칙을 당하고 화를 낸 적이 두 번도 넘어.


5. 부상

① 크고 작은 부상은 축구인의 숙명.

② 아서라, 다치면서까지 축구할 순 없다.


**2. 포지션 지원**

되도록 포지션을 고정하는 것을 장기 목표로 삼겠습니다. 회원들 사이에 현실적으로 기피하거나 경원시하는 포지션이 있는 것도 사실입니다. 따라서 여기에는 중요한 전제가 필요합니다. 내 포지션에 자긍심을 가질 수 없으면 불가능합니다. 또한 이것은 팀으로서의 경기가 이루어져야 가능합니다.

포지션은 100퍼센트 고정이 아니라 제1포지션과 제2포지션을 7 대 3 정도의 비율로 생각하고 있습니다. 열 경기 하면 자기가 잘할 수 있는 위치에서 일곱 경기 정도 뛰는 거죠. 이건 팀이 갖춰져야 가능한 얘기니까 같이 뛰어보면서 천천히 의논하겠습니다. 아무튼 희망하는 포지션 두 개를 순서대로 지원해주시기 바랍니다. 포지션은 너무 세분하지 않고 일단 골키퍼, 수비수, 미드필더, 윙어, 포워드 정도로만 구분하겠습니다.

덧붙여서, 저는 매 경기 선수 구성을 결정할 때 골키퍼를 1순위로 정한 뒤에 나머지 포지션을 정할 생각입니다. 그래서 선수가 모자랄 때 "골키퍼 한 명 지원해줘" 하는 대사는 제 작전판에는 없습니다. 레알 마드리드의 이케르 카시야스*, 바이에른 뮌헨의 마누엘 노이어, 맨유의 데헤아에 버금가는 위대한 골키퍼가 보인 팀에서도 배출되기를 바랍니다. 그러나 이것은 그야말로 장기 과제이고 단기적으로는 로테

---

* 현재는 포르투 소속.

이션이 불가피합니다. 그래서 저는 골키퍼를 하신 팀원에게
는 출전 기회를 인센티브로 제공할 계획입니다.

골키퍼부터 최전방 공격수에 이르기까지 모든 포지션에
서 자긍심을 갖고 하는 팀플레이, 동네축구라고 못 할 것 있
겠습니까.

### 3. 뒤풀이: 이우FC판 드레싱룸

드레싱룸은 경기가 시작되기 전 선수들이 옷을 갈아입
고 하프타임 때 쉬는 공간입니다. 팀의 경기력에는 선수들
의 기량과 감독의 전술, 관중의 응원 외에도 경기장 밖 분위
기가 매우 중요합니다. 드레싱룸의 분위기가 그것이죠.

2004-05 챔피언스리그 결승전은 이스탄불에서 AC밀란
과 리버풀이 붙었는데, 전반전에만 리버풀이 세 골을 내줬
습니다. 어쩌면 경기는 끝난 거나 마찬가지였습니다. 그러
나 하프타임 때 드레싱룸에서 리버풀의 베니테스 감독은
서툰 영어로 말합니다. "너희는 리버풀이다. 최고의 팀들을
꺾고 여기까지 왔다. 고개를 숙이지 마라. 팬들을 위해 고개
를 높이 들어라. 너희는 리버풀이다"라고 하면서 선수들을

격려합니다. 리버풀은 후반전에 세 골을 넣고, 승부차기까지 가서 결국에는 우승을 하고 마는 이스탄불의 기적을 만들어냅니다.

우리의 드레싱룸은 뒤풀이입니다. 그날 운동장에서 있었던 시시콜콜한 실수부터 아이들 얘기, 중년 외로움 극복의 노하우까지 온갖 이야기를 나누는 자리가 되기를 바랍니다. 그래서 다음 주, 그다음 주 운동장에서의 축구가 더욱 재미있어지기를 희망합니다.

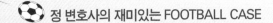

## 정 변호사의 재미있는 FOOTBALL CASE

### | 리그와 FA컵, 축구 대회의 운영 방식 |

축구 대회는 크게 클럽 대항전과 국가 대항전이 있다. 국가 대항전 중에서 전 세계적 규모로 열리는 것이 국제축구연맹(FIFA)이 주관하는 월드컵이다. 각 대륙별 축구연맹이 주관하는 국가 대항전도 있다. 유럽축구연맹(UEFA)의 '유로 20××'는 4년마다 월드컵 2년 뒤에 열린다. 유로 2016은 프랑스에서 개최되었다. 아시아축구연맹(AFC)은 4년마다 아시안컵을 개최한다.

각국의 클럽 대항전은 그 나라의 축구협회(Football Association, FA)가 관장한다. 크게 리그와 FA컵이 있다. 리그는 그 리그에 속한 팀들이 한 시즌 동안 홈 앤드 어웨이 방식으로 경기를 치러, 가장 승점이 많은 팀이 우승한다. 승점은 이기면 3점, 비기면 1점, 지면 0점이다.

잉글랜드 프리미어리그는 20개 팀이 있는데 한 시즌 동안 홈 19경기,

원정 19경기 합계 38경기를 벌인다. 이런 방식은 전 세계 공통이다. K 리그의 운영 방식은 좀 복잡하다. 1부 리그 12개 팀이 각 팀과 세 번씩 33경기를 치러 상위 6개팀과 하위 6개팀으로 나누고, 상하위 그룹 안에서 한 경기씩 다섯 경기를 더 치러, 모두 38경기를 치른다. 1부 리그 소속 팀 숫자가 적기 때문에 이런 방식을 고안해냈다.

FA컵은 그 축구협회에 등록된 아마추어 팀부터 최상위 1부 리그 팀까지 모두 출전하는 토너먼트 경기라고 이해하면 된다. 다만 1부 리그 팀이 예선이나 본선 1차전부터 시작하는 것은 아니다. 잉글랜드 FA컵에서는 1부 리그(프리미어리그) 20팀, 2부 리그 24팀은 64강전부터 출전한다. 한국 FA컵의 경우 2018년 86팀이 참가하는데 가장 낮은 단계의 아마추어 팀들은 1라운드부터 참가하며, K리그 팀들은 32강전부터 참가한다.

대륙별 축구연맹이 주관하는 클럽 대항전도 있다. 별들의 전쟁이라 불리는 UEFA 챔피언스리그는 유럽 각국 리그의 최상위권 팀들이 벌이는 대회이고, 유로파리그는 그 아래 클럽들의 대항전이다. 아시아 각국 리그의 최상위권 팀들 간의 대회는 아시아 챔피언스리그다.

# 부상열전
## 나의 응급실 이력

본격적으로 운동장에서 축구를 하기 시작한 것은 사십
대 후반부터였고, 오십 대 초반부터는 토요일마다 축구를
해왔다. 그동안 큰 부상은 없었지만 응급실을 네 차례나 드
나들었다. 토요일이나 휴일 오후에 다쳐서는 밤 늦게부터
통증이 심해져 갈 곳이라고는 종합병원 응급실밖에 없었기
때문이다.

나의 응급실 이력이다(사진은 왼쪽 위부터 시계 방향으로. 이
사진은 모두 사커 와이프*가 찍은 것이다).

부상열전: 크고 작은 부상은 축구인의 숙명.

### "내 그럴 줄 알았다": 2012년 4월 15일

이우FC에 입단하기 전에 입은 첫 번째 부상이다. 슬라이딩 태클을 하다가 손을 잘못 짚는 바람에 손목을 다쳤으나다행히 골절은 아니었다. 1969년 초등학교 3학년 때 이후43년 만의 깁스를 기념하여 바람 부는 일요일 가톨릭대학교 서울성모병원 응급실 앞에서 포즈를 잡았다. 제목은 그

---

* 사커 와이프에 관한 이야기는 뒤에 자세히 나온다.

나이에 축구하러 다닐 때부터 알아봤다는 딸아이 코멘트다.

### "민폐 끼치지 말고 그만하셔": 2012년 9월 30일

이우FC 와서 입은 첫 부상이다. 추석 전날이었다. 발등을 제대로 밟혔는데, 처음엔 경기를 마저 뛸 정도더니 시간이 갈수록 점점 통증이 심해져 집으로 돌아올 때는 심하게 절뚝거렸고 밤에는 아파서 잠을 제대로 못 잘 지경이었다. 다행히 이때도 골절은 아니었지만 다리 깁스는 난생처음이었다.

원래는 추석날 오후에 출발하여 5, 6일간 혼자서 전남 해안 지방을 걸어서 여행할 계획이었다. 여름휴가를 이때로 미루어둔 거였다. 해남 보길도, 완도 청산도, 보성 차밭, 순천만 갈대밭 등을 마음 가는 대로 걸으며 혼자 시간을 가지려고 했는데 휘이휘이 날아가버렸다. 삶이 어찌 생각대로만 되겠는가, 이런저런 부상은 축구인의 숙명이라고 생각하며, 대신에 집에 틀어박혀 오랜만에 책을 읽었다. 사진은 역시 바람 부는 일요일 추석날, 다시 가톨릭대학교 서울성모병원 응급실 앞. 제목은 더욱 날카로워진 딸아이 코멘트.

## "신의 계시다": 2013년 8월 15일

인조 잔디 구장을 빌려 한여름 땡볕에서 광복절 기념 번개 축구를 할 때였다. 코너킥을 내가 차게 되었다. 심호흡을 하고 골대 쪽을 바라본 뒤 킥을 했다. 그러나 발등에 공이 맞는 순간, 그러니까 공에 힘이 실리는 순간 날카로운 통증이 번쩍 허리 한가운데를 관통하고 나는 "악!" 하는 외마디 비명을 지르며 그 자리에 쓰러졌다. 그다음에는 통증 때문에 조금도, 정말 조금도 움직일 수가 없었다.

한여름, 위에서는 햇볕이 내리쬐고 밑에서는 인조 잔디의 열기가 올라오는데도, 불덩이처럼 뜨겁기도 하고 칼날처럼 날카롭기도 한 허리 통증 때문에 쓰러진 자세 그대로 얼마나 있었는지 모른다. 회원들이 놀라서 달려왔지만 내가 움직일 수 없으니 어떻게 할 방도가 없었다. 그래도 "이렇게 뜨거운 곳에 오래 둘 수는 없다"는 회원들의 얘기에 어찌어찌 간신히 일어나 한 회원의 등에 업혀 그늘로 옮겨져 다시 쓰러졌다.

회원들이 소염진통제를 발라주고 얼음 수건을 대주고 냉커피를 타주고 했지만 통증은 가라앉지 않았다. 회원들은 도와줄 방법이 없으니 구급차를 부르기로 했다. 그리하여 나는 난생처음 119 구급차를 타고 다시 그 성모병원 응급실을 세 번째로 찾았다.

이번에도 뼈에는 이상이 없었다. 순간적으로 근육에 어떤 문제가 생겼던 것이다. 처음엔 몸을 제대로 안 풀고 뛴 것이 원인이라고 생각했지만 그건 부분적인 원인일 뿐이었다. 피로가 누적되어 있었다. 과음도 잦았다. 전날도 새벽 1시까지 술을 마셨다. 몸을 제대로 관리하지 않은 것이다. 그런 상태에서 아마도 몸의 가장 취약한 고리가 극적으로 반응한 것이라고 자가진단을 내렸다. 그러니까 부상의 원인은 생활에 있었다.

제목은 "이다음에는 수습할 수 없는 사태가 올지도 모른다"며 날린, 교회도 안 다니는 딸아이의 경고.

### "나는 이제 모른다": 2015년 5월 23일

골키퍼를 보다가 상대팀 에이스의 강슛을 주먹으로 펀칭해냈다. 아무런 이상이 없었다. 그러다가 한참 시간이 지난 뒤 뒤풀이 자리에서 손목에 통증이 오기 시작했다. 처음엔 넘어지면서 손목을 잘못 짚었나 했지만 넘어진 적이 없었다. 곰곰 생각해도 펀칭 외에는 원인이 없었다. 집으로 돌아오는 길에는 엄청난 통증으로 팔을 몸에 붙인 채 엉금엉금 기다시피 했다.

어지간하면 얼음찜질하고 참겠는데 어금니 사이로 신음이 저절로 터져 나왔다. 간신히 씻고 얼음 팩을 혼자서 보자기로 둘러매려고 씨름하는데 아내가 왔다. 응급실로 가잔다. 응급실 한두 번 가본 것도 아니고 가봐야 별것 없다 했지만, 진통제라도 맞고 오자는 말에 축구인으로 전향한 이후 네 번째 응급실 나들이를 하게 되었다.

어쩌랴, 크고 작은 부상은 축구인의 숙명인 것을! 제목은 아빠 인생 아빠가 책임지라는 딸아이의 포기 코멘트.

# 빤쓰는 뭣 하러 빨아 입나

경기를 마치고 각자 장비를 챙길 때 갑식이, 을식이와 운동장에서 나눈 대화다.

**나** (두 사람의 신가드―정강이보호대―를 보니 누런 때가 찌들어 필시 오랫동안 씻지 않은 듯하여) 축구하고 난 뒤에 신가드를 매번 씻나?

**갑식이** (아주 당당하게) 그걸 뭣 하러 씻나?

**나** 땀에 절었는데 씻어야지!

**갑식이** 나는 2년 동안 한 번도 안 씻었다!

**나**  빤쓰는 빨아 입냐?

**갑식이**  뭔 말이냐?

**나**  빤쓰는 뭣 하러 빨아 입냐고. 땀 흘린 건 매한가진데!

**갑식이**  (말이 없어짐)


**을식이**  (옆에서 대화를 듣다가 약간 당당하게 말끝을 올리며) 나는 씻지는 않고 베란다에 두고 말리는데?

**나**  그렇다면 빤쓰도 베란다에 널어 말려서 또 입지, 뭣 하러 빨아 입나?

**을식이**  (역시 말이 없어짐)

## 인간 병기 당거에게 바치는 세리머니

팀 동료가 경기 중에 넘어지면서 쇄골이 부러지는 중상을 입었다. 몸싸움 과정에서 중심을 잃은 탓에 구르지를 못하고 어깨부터 땅에 떨어져버린 것이다. 그를 위한 골 세리머니를 준비했다. 그의 본명은 당거러스(DANGEROUS), 우리는 그를 '당거'라고만 부른다. 당시 만 51세를 위한 만 56세의 골 세리머니다!

감독에게 미리 세리머니 계획을 알리고 내가 한 골을 넣을 때까지 계속 공격수로 기용해달라고 부탁했다. 집에서 속옷에 매직으로 썼다. 'FOR DANGER(이 골을 당거에게 바

이 골을 당거에게 바친다.

친다)'. 골을 넣으면 유니폼을 벗으면서 쉬는 회원들이 모여 있는 스탠드로 달려가는 계획이다. 한 회원에게 몰래 사진을 부탁했다.

몇 차례 골문을 두드렸지만 만만찮았다. 세리머니를 해야 한다는 생각에 보통 때 같으면 패스를 할 상황에서도 슛을 날렸다. 다행히 세 번째 경기에서 득점에 성공했다. 회원 대부분이 세리머니 계획을 모르고 있었다. 스탠드의 회원들은 모두 활짝 웃는 얼굴로 박수를 쳐주었다. 팀 역사상 최초의 헌정 세리머니였다.

이름처럼 위험한 운동장의 인간 병기, 당거의 쾌유를 빈다.

# 나는 이런 선수가 되고 싶다[*]

**나** 감독, 올 시즌에 나를 전문 홀딩 미드필더로 키워주라.

**감독** 홀딩 미드필더가 뭐냐?

**나** 수비 라인 바로 위에서 상대방 공격을 저지하고 공을 뺏어 우리 공격수에게 연결해주는 수비형 미드필더를 말한다. 수비 라인을 보호하는 게 주된 역할이다. 내가 잘할 수 있을지는 모르겠지만 중앙 미드필드에서 뛰어보고 싶다.

**감독** 알았다. 그렇게 하마.

---

[*] 2016년 10월 28일 이우FC 게시판에 쓴 글이다.

1년간의 감독을 마치고 다시 평회원으로 돌아온 2016년 연초에 감독과 나눈 대화다. 작년까지 나는 경기의 80~90퍼센트를 중앙이 아닌 양쪽 사이드에서 뛰었다. 그중 70~80퍼센트는 수비, 20~30퍼센트는 공격이었다. 즉 공격이건 수비건 주로 중앙이 아닌 날개에서 뛴 것이다. 어쩌다가 가운데에 서게 되면 뭘 어떻게 해야 할지 잘 몰랐다. 그래서 도전해보고 싶었다.

올해 경기 중 아마 80퍼센트 정도는 수비형 미드필더(수미)로 뛰었다. 시즌이 두 달밖에 남지 않은 지금, 이제 그 자리에 좀 익숙해진 것 같다. 지난 10개월간의 플레이에 대해 스스로 매기는 평점은 후하지도 박하지도 않다.

박하지 않은 건 열심히 뛰었다고 생각하기 때문이다. 수미는 많이 뛰어야 한다. 공격이 내 주된 임무는 아니지만 수미도 공격에 자주 가담하게 된다. 공격에 가담했다가 공이 상대방에게 넘어갔을 때 빨리 내려오지 않으면 우리 수비수와 전방 공격진 사이의 미드필드 공간은 상대방의 독차지가 된다. 특히 좌우 윙과 공격형 미드필더(공미)가 거의 수비에 가담하지 않는 우리 현실을 생각하면 더욱 그렇다.

나에게는 결단력과 용기, 투쟁심과 책임감이 더욱 요구된다.

그래서 공격에 가담했다가도 최대한 빨리 내려오도록 노력
했다.

미드필드에서 상대 공격수들의 자유로운 전진 패스와
드리블 돌파를 방지하는 임무는 어지간히 한 것 같다. 공 배
급도 초반에 비하면 많이 나아졌다. 초반에는 25분 동안 우
리 편 공미나 윙에게 공을 한 번도 연결하지 못 한 적도 있
었다. 완급 조절에도 조금 감이 생겼다.

또 나의 첫째 임무는 상대방이 가진 공을 뺏는 것이지만
내가 공을 가졌을 때 상대방에게 뺏기지 않는 것도 아주 중

요하다. 내가 공을 처음 갖는 경우는 대부분 우리 진영 미드
필드에서인데 거기서 상대 공격수, 특히 뛰어난 공격수에
게 공을 뺏기면 바로 위험에 노출되기 때문이다. 더구나 나
는 드리블에 능하지 못하다. 그래서 우리 진영에서 공을 받
으면 상대방을 제치고 드리블하는 것은 애당초 포기했다.
그 대신에 한두 번 터치하고는 바로 우리 편에게 패스하는
전략을 택했다. 화려하진 않지만 내 자리에서 필요한 플레
이였다.

평가가 후하지 않은 것은 상대방이 공을 차지했을 때 적
극적으로 뺏어 오지 않았다는 것이다. 내가 공을 뺏은 것은
대부분 패스를 중간에서 차단하는 경우였다. 상대가 공을
갖고 있을 때 나는 주로 뒤로 물러서면서 전진 패스나 드리
블 돌파를 방해하여 공격을 지연시키고 패스의 길목을 막
는 수비를 하였다. 여기서 더 나아가 상대방에게 허점이 보
일 때는 달려들어 공을 뺏어 오는 적극적인 플레이가 필요
하다. 이걸 가장 잘하는 선수가 위험한 인간 병기 당거다.
여기에는 기술도 기술이지만 결단력과 용기, 투쟁심과 책
임감이 필요하다. 이것이 내가 처음 지향했던 전투적인 홀

딩 미드필더의 핵심 역할인데 여기에는 높은 점수를 줄 수가 없다.

나는 내 자리에서 팀에 필요한 플레이를 하는 게 목표다. 그렇다고 없는 기량이 갑자기 생기지는 않는다. 장점을 살리고 단점을 회피하는 방법 외에는 없다. 첫째, 더 뛰는 것이다. 이건 내가 가진 최대의 자산이다. 둘째, 드리블하지 않고 패스하고, 제치려 하지 않고 패스한다. 셋째, 가장 어려운 일이지만, 적극적으로 공을 뺏는다. 투쟁적이고 헌신적인, 내가 모델로 삼고 있는 홀딩 미드필더로 다가가는 길이다.

'Work for Each Other!!' 지난 열 달 동안 함께 뛰어온 팀 동료들에게, 그리고 서로 열심히 맞서 뛴 상대 팀 동료들에게도 감사를 전하고 싶다.

# 전업 심판을 꿈꾸며*

전업 심판을 생각한 지는 좀 됐습니다. 그 계기는《세상에서 가장 아름다운 경기》에 나오는 로벤 섬의 정치범들 이야기였습니다.** 로벤 섬은 아파르트헤이트 시절 남아프리카공화국의 정치범 수용소가 있는 섬입니다. 외부와 격리된 이 섬에서 정치범들은 오랜 투쟁 끝에 운동장에서 축구를 할 수 있게 됩니다.

---

\*   2017년 1월 6일 이우FC 게시판에 쓴 글이다.

\*\*  척 코어·마빈 클로스, 《세상에서 가장 아름다운 게임》, 생각의나무.

심판은 심판만.
흉내라도 내고 싶었다.

　그들은 비록 감옥 안이지만 피파 경기 규칙에 따라 경기를 운영하였으며 따로 심판 조합을 설립하여 심판은 선수로 뛰는 일이 없이 오직 심판 임무만 수행하였습니다.

　징역 살면서 형무소 안에서 하는 축구에 심판은 심판만 본다는 건 한마디로 대단합니다. 그들이 축구라는 스포츠를 얼마나 진지하게 생각했는지를 보여줍니다. 저는 도저히 그 수준에는 이르지 못하고 흉내라도 좀 내고 싶었습니다. 그래서 생각한 게 '하루 네 경기 심판'입니다. 이 계획을 감독과 심판국장에게 얘기하고 양해를 얻었습니다.

일단은 1월 한 달 하루 네 경기 심판을 보기로 했습니다. 반(半) 전업 심판입니다. 자원하는 것이지만 사실 큰 부담을 느낍니다. 심판을 원활하게 잘 보면 별문제가 없겠지만 그렇지 않을 경우, 저의 오심으로 경기의 흐름이 바뀌는 경우를 생각하면 끔찍합니다. 오로지 더 열심히 뛰면서 제 수준에서 최선의 판정을 하는 방법밖에 없다고 생각하고 있습니다. 1월 한 달 해보고 성과와 부작용을 회원들과 함께 검토해본 뒤에 지속할 것인지를 결정하려고 합니다. 회원 여러분의 응원을 바랍니다.

# 전업 심판을 그만두며[*]

지난주를 마지막으로 하루 네 경기 반 전업 심판을 역부족으로 그만둡니다. 지난 넉 달간 저로서는 좋은 경험 했습니다. 통계를 보니 4월 15일까지 열다섯 번 정모에 열네 번 출석하여 주심 36회, 부심 12회를 보았습니다. 저의 주관적인 평가는 다음과 같습니다.

처음 시작하면서 가졌던 생각은 주심이든 부심이든 '규칙대로 보자'는 것이었습니다. 정확한 판정을 내릴 수 있게 위

[*]  2017년 4월 18일 이우FC 게시판에 올린 글이다.

치 선정을 하고, 정확한 위치 선정을 위해서 플레이에 방해되지 않는 한도에서 충분히 플레이에 가까이 가고, 그것이 가능하도록 열심히 뛰고, 일단 판단이 섰으면 단호하게 휘슬을 불고, 필요한 상황은 선수들에게 설명하는 것입니다.

그렇게 집중적으로 심판을 봄으로써 저 스스로는 판정 능력이 향상되었다고 생각합니다. 이것은 반칙 여부 판정뿐 아니라 경기를 운영하는 능력도 포함합니다. 물론 회원 여러분의 객관적인 평가는 전혀 별개의 문제입니다.

또 연관되는 이야기지만 심판으로서 경기 운영에 대한 자신감도 높아졌습니다. 동네축구에 동네심판이고, 동네심판에게 오심은 어쩌면 자연스러운 것이지만 판정에 대한 부담감은 떨칠 수가 없습니다. 경기가 격렬할수록, 회원들의 항의가 거칠수록 부담감은 더 커집니다. 그 부담감도 어느 정도 감당할 수 있게 되었습니다. 나아가 그런 상황에서도 부드럽게 웃으면서 대처하는 걸 목표로 삼고 있습니다.

오심은 크게 두 종류였습니다. 첫째는 반칙인데도 제가 못 본 경우입니다. 선수에게 가려서 못 본 경우도 있고 순간적인 충돌을 놓치는 경우도 있었습니다. 둘째, 잘못 본 경우입니다. 핸드볼이 아닌데도 핸드볼로, 골킥인데도 코너킥으로 판단하는 등 여러 경우가 있었습니다. 앞으로는 위치 선정을 더 제대로 하고 집중력을 더 높여 오심을 줄여보고 싶습니다.

회원들께 부탁도 있습니다. 이우FC에서 심판은 의무만 있고 권한이 없습니다. 정규 경기에서 심판은 선수에게 경고를 주고 퇴장을 시킬 수 있는 권한이 있지만 우리 심판은 실질적으로는 그런 권한이 없습니다. 즉 잘 봐야 할 의무만 있고 선수를 제재할 권한은 없습니다. 그래서 운동장에서 심판은 실은 무력한 존재입니다. 오로지 선수들의 심판에 대한 존중만이 심판을 심판으로 만드는 원천입니다.

앞으로 다시 심신의 여력이 생기고 여건이 갖추어지면, 심판 문화의 진일보를 위해 다른 방식으로 새로운 시도를 해볼 수 있기를 희망합니다. 그동안 무언의 격려에 감사드립니다.

## | FA와 FIFA, IFAB: 축구 조직과 축구 규칙 |

FA(Football Association, 축구협회)는 그 나라의 축구에 관한 업무를 총괄하는 조직이다. 세계에서 가장 먼저 축구협회가 생긴 곳은 당연히 축구의 원산지 영국, 정확하게는 잉글랜드로 1863년의 일이다. 모든 나라의 축구협회에는 아일랜드축구협회(Football Association of Ireland), 대한축구협회(Korea Football Association)처럼 그 나라의 이름이 붙지만 잉글랜드는 예외다. 최초에 만들어진 그대로 지금도 'The FA'를 사용하고 있다. 원조의 특권이다.

국제축구연맹 FIFA(Fédération internationale de football association)는 1904년 프랑스에서 창립되었다. 그래서 이름도 지금껏 불어를 그대로 쓰고 있다. 당시 영국에는 잉글랜드 FA 외에 이미 스코틀랜드(1873), 웨일스(1876), 북아일랜드(1880)가 각각 FA를 설립하여 활동 중이었는데,

처음에는 원조의 자부심을 내세워 피파에 가입하지 않았다가 나중에 네 협회가 모두 가입하였다. 이것도 피파의 1국 1협회 원칙의 예외다.

축구 규칙의 제정은 국제축구평의회라고 불리는 IFAB(International Football Association Board) 소관이다. IFAB는 1886년 당시 국가마다 다른 규칙을 통일하기 위하여 잉글랜드, 스코틀랜드, 웨일스, 북아일랜드 네 원조 축구협회 대표 두 명씩으로 처음 설립되었다. 축구가 급속히 세계로 확대되자 피파도 규칙 통일의 필요성을 느끼고 1913년 IFAB에 가입하였다. 그러니까 IFAB가 피파의 산하 조직이 아니라 피파가 IFAB의 구성원인 셈이다. 지금은 영국의 네 원조 축구협회에서 각 한 명씩, 피파에서 네 명 모두 여덟 명으로 구성되어 있고 여섯 명 이상의 찬성으로 의결한다.

IFAB가 제정하고 개정하는 축구 규칙(Laws of the Game)은 단 17개 조로 이루어져 있다. 그러나 이 축구 규칙은 IFAB의 표현에 따르면 "FIFA 월드컵 결승부터 외딴 마을 어린아이들의 경기까지, 전 세계 모든 축구 경기에서 동일하게 적용된다". 이 규칙은 경기의 공정성을 보장하기 위한 것이지만 "가장 좋은 경기는 선수들이 서로 존중하고, 심판과 규칙을 존중하면서 플레이하며, 심판을 거의 필요로 하지 않는 경기이다".

# 나는 이런 심판이 되고 싶다

이우FC에서는 매 경기 주심과 부심 두 명을 세운다. 동네축구에서는 드문 일이다. 내용도 점점 발전하고 있다. 회원들의 규칙 이해도 깊어지고 경기 중 반칙을 당했을 때의 반응에도 점점 스포츠 정신이 충만해진다. 심판의 오심을 받아들이는 태도도 해를 거듭할수록 성숙해지고 있다.

그러나 우리가 갈 길은 아직 많이 남아 있다. 나는 선수건 심판이건 운동장에서 자기 역할의 수준을 높이고 역량을 향상하는 일을 게을리하지 않는 것은 취미 생활의 깊이를 더하는 일일 뿐 아니라 우리 삶의 깊이를 더하는 일이라

**<이우FC 심판 헌장>**

**1. 심판은 경기의 주재자다.**
심판이 경기를 죽일 수도 있고 살릴 수도 있다.
심판은 늘 자긍심과 책임감을 갖고 경기에 임한다.

**2. 심판은 뛰어야 한다.**
서서 보는 심판은 선수와 경기에 대한 모독이다.
심판은 좋은 위치에서 정확한 판정을 하기 위해
열심히 뛰며 최대한 플레이에 접근한다.

**3. 심판은 자신감 있게 판정한다.**
자신감 없는 판정은 불신을 불러온다.
신호는 신속하고 분명하게 하고, 휘슬은 단호하게 분다.

**4. 주심과 부심은 서로 협력한다.**
판정은 주심과 부심의 협업이다.
주심과 부심은 늘 시선을 접촉하며 의사소통한다.

**5. 심판은 경기규칙의 실행자다.**
규칙의 숙지 없이 규칙의 실행은 불가능하다.
심판은 경기규칙을 숙지하기 위해 배우고 공부한다.

**6. 심판은 선수를 존중한다.**
선수 없이 심판 없다.
심판은 정확한 판정을 내리기 위해 최선을 다하는 것이
땀 흘리며 뛰는 선수들을 존중하는 길임을 명심한다.

이우FC 회원들은
코팅된 심판 헌장
을 갖고 있다.

고 믿는다.

선수가 심판의 판정에 승복하는 것은 선수로서의 할 일
이고 도리이지만, 심판은 심판으로서 할 일과 도리가 있다.
나는 경기에서 심판을 아주 많이 보는 편이다. 만족하는 경
우보다 아쉬운 경우가 더 많다. 그래서 '나는 이런 심판이

되고 싶다'는 생각에서 2016년에 작성하여 팀의 재가를 받은 것이 바로 '심판 헌장'이다.

그렇다. 나는 이런 심판이 되고 싶다. 이런 심판이 되는 것이 우리 삶의 깊이를 더하는 것이라고 믿기 때문이다.

**이우FC 심판 헌장**

1. 심판은 경기의 주재자다.

    심판이 경기를 죽일 수도 있고 살릴 수도 있다.

    심판은 늘 자긍심과 책임감을 갖고 경기에 임한다.

2. 심판은 뛰어야 한다.

    서서 보는 심판은 선수와 경기에 대한 모독이다.

    심판은 좋은 위치에서 정확한 판정을 하기 위해

    열심히 뛰며 최대한 플레이에 접근한다.

3. 심판은 자신감 있게 판정한다.

    자신감 없는 판정은 불신을 불러온다.

    신호는 신속하고 분명하게 하고,

    휘슬은 단호하게 분다.

4. 주심과 부심은 서로 협력한다.

판정은 주심과 부심의 협업이다.

주심과 부심은 늘 시선을 접촉하며 의사소통한다.

5. 심판은 경기 규칙의 실행자다.

규칙의 숙지 없이 규칙의 실행은 불가능하다.

심판은 경기 규칙을 숙지하기 위해 배우고 공부한다.

6. 심판은 선수를 존중한다.

선수 없이 심판 없다.

심판은 정확한 판정을 내리기 위해

최선을 다하는 것이 땀 흘리며 뛰는 선수들을

존중하는 길임을 명심한다.

# 굴러온 돌, 감사패를 받다

2017년 5월 말, 눈에 문제가 생겨 급히 입원해서 수술을 받았다. 의사는 두 달간 축구금지령을 내렸다. 주말마다 도리 없이 집에서 은인자중하던 중 단장으로부터 연락이 왔다. '회원의 날'에 나올 수 있겠느냐는 안부 전화였다. 나는 눈 컨디션 봐가면서 되도록 가겠노라 했다.

회원의 날은 이런저런 사정으로 운동장에 더 이상 나오지 못하는 명예 회원들을 초청하여 그동안의 근황도 듣고 오랜만에 함께 뛰며 우의를 다지자는 취지로 2016년부터 시작한 행사다.

© 박종민

**1** 감사패 이름 위의 별 두 개는 정기 모임 200회 출석, 즉 더블 센추리 클럽에 가입했다는 뜻이다.

**2** 집행부에서 기념품으로 수건을 준비했는데, 슬로건이 맹렬 동네축구인들답다. '꾸준한 축구 든든한 가장'!

**3** 내가 뒤늦게 나타나자 후배 회원이 멀리서 찍은 것이다. 이 또한 고맙다.

축구는 여느 때처럼 오후 1시에 시작하고 회원의 날 행사는 3시부터 한다고 했다. 눈에는 별문제가 없었으나 3시 반이 넘어서야 운동장에 도착했다. 모두 그늘에 모여 아직

행사 중인 듯했다. 내가 멀리 운동장에 들어서자 함성 같은
게 들리는 듯도 했다. 가까이 가니 부단장 회원이 마침 잘
왔다며 팔을 끌고 갔다.

일인즉슨, 나를 공로 회원으로 선정하여 감사패를 만들
었는데, 아까는 내가 못 나오는 줄 알고 다른 회원이 대신
받았으나 이제 장본인이 다시 받으라는 것이다.

그대로*(정기동) 님께서는 축구 규칙에 대한 교육과 심
판 제도 정착을 위한 많은 노력으로 이우FC 축구 문화
에 새로운 지평을 여는 데 크게 공헌하였습니다. 이에
제2회 이우FC 회원의 날을 맞아 모든 회원의 마음을
이 패에 담아 드립니다.

고마웠다. 학부모도 아닌 외부 사람을 회원으로 받아주
고 심판위원장에 감독까지 맡긴 것도 모자라, 이 감사패는
그동안 내가 이우FC에서 해온 일에 회원들이 공감한다는

* 팀에서 쓰는 내 별명이다. '맨날 그대로'가 되지 말고 '늘 그대로'가 되기를 바란다.

표시이기에 무엇보다도 고마웠다. 이날 회원들 앞에서도 얘기했지만, 열정, 기량, 용기, 헌신, 공감, 연대와 같은 땀 흘리며 뛰는 운동장 안에서의 가치를 우리들 생활 속으로 가져오는 일에 이우FC 회원들과 함께하고자 한다.

## 공 좀 차자. 박근혜는 물러나라

2016년 늦가을 국정 농단 사태가 불거지자 이우FC는 촛불집회에 참가하기로 결정했다. 토요일 오후 정기 모임을 단축하고 함께 광화문으로 나갔다. 처음에는 별다른 준비 없이 나갔다. 나는 이우FC 이름의 현수막을 들고 나가자고 제안했다. 널리 알려진 시민 단체나 조직뿐 아니라, 평범한 시민들이 자기 이름을 걸고 나서는 것이 분노와 결의를 가장 단호하게 보여주는 방법이라 생각했다. 현수막의 내용은 회원들이 정했다. 이우FC 깃발도 만들었다.

동네축구팀도 자기 이름을
걸고 거리로 나섰다.

**공 좀 차자. 박근혜는 물러나라!**

    종로에 이르자 우리 일행은 단연 주목과 인기를 끌었다.
조기축구회 깃발을 든 중늙은이들이 공 좀 차자며 박근혜
퇴진을 외치니 다들 웃으며 박수치고 사진을 찍었다. 사람
들이 부산에서, 광주에서 이 집회에 참가하기 위해 서울로
올라오고, 중고생들이 무리를 이루어 당당하게 발언하고,
엄마아빠들이 초등생 손을 잡고 거리로 나오며, 장수풍뎅

달랑 열 명이지만, 위용은 백 명 못지않다.

이연구회, 이우FC와 같이 경향 각처 각계각층의 계모임이 자기 이름을 내걸고 광장에 나와 대통령의 퇴진을 외쳤다.

해가 바뀌어 1월에는 이우FC도 촛불집회의 흐름도 약간 주춤한 듯했다. 그 사이에 태극기 집회의 규모는 점점 커져 갔다. 한 사람 한 사람 내면에서 위기감이 싹트기 시작했다. 이우FC는 다시 광화문으로 나가기로 했다.

그러나 이번에는 '공 좀 차자' 현수막을 쓸 상황이 아니었다. 엄중해진 것이다. 새 현수막의 내용은 내가 제안했다.

### 국민 믿고 탄핵하라

3월 4일 토요일 광화문 이순신 장군 동상 아래. 달랑 열명이지만, 위용은 백 명 못지않다. 동네축구팀 소속 중늙은이들이 무대에 걸터앉아 현수막까지 들고 있으니 수많은 시민들이 우리 모습을 찍었다. 우리를 배경 삼는 시민도 여럿 있었다. 다들 결론은 '국민 믿고 탄핵하라'였다.

"축구가 어떻게 우리의 삶을 개선할 수 있는가", 이 질문에 답을 찾는 것은 축구에 빠진 나와 우리의 숙제다. 함께 고민하고 의논하여 생활 속에서 이 숙제를 하나씩하나씩 해나가기를 바라고 다짐한다.

# 3부

# 축구와 사랑에 빠지다

## 축구로 생긴 이런 일 저런 일

# 아홉 켤레 축구화로 남은 사내

## 축구 취미 생활의 비용

축구화를 들고 헤벌쭉 정신줄을 놓고 웃고 있다. 마음에 꼭 드는 축구화를 가지게 되어 가히 열락지경에 이른 아재의 내면을 형상화한 사진이라 할 만하다. 여러 켤레의 축구화 중에서 가장 아끼는 축구화다.

축구화 얘기 나온 김에 내 취미 생활의 비용 얘기를 좀 해볼까 한다. 2002년부터 10년간 주말이면 경향 각지의 산에 다니다가 2012년 6월 축구로 완전히 전향했는데, 축구만큼 돈이 들지 않는 취미 생활도 드문 것 같다. 등산에는 겨울용 재킷부터 작은 술잔 따위의 소품에 이르기까지 모

축구화 한 컬레에 열락지경에 이른 아재.

든 용품이 실용성에 더하여 패션 기능을 한다. 갖추자면 한
도 끝도 없다. 나만 해도 10년 산행 동안 산 옷이며 장비가
만만치가 않다.

그러나 축구는 등산과 달리 장비랄 게 없다. 팀에서 맞춘
5만 원대의 유니폼을 1년 열두 달 입는다. 스타킹을 신고

그 안에 정강이 보호대를 찬다. 겨울에 장갑을 끼거나 트레이닝 바지를 입기도 한다. 그게 다다. 패션이 있을 수가 없다. 개인 용품으로는 축구화가 거의 유일한 지경이다. 그것도 회원 대부분은 한 켤레로 주야장천 간다. 많아야 두 켤레다. 도무지 돈 쓸 일이 없다. 유니폼과 축구화를 갖추고 나면 매달 내는 회비와 매주 뒤풀이 밥값만 있으면 되는 게 동네축구인의 취미 생활이다.

지금은 무려 축구화 아홉 켤레로 남은 사내지만, 나도 처음엔 달랑 한 켤레였다. 밑창을 한 번 갈고도 어지간히 더 신어 다시 갈아야 될 지경이 되어서야 새 축구화를 샀다. 그 석 달 뒤에 저 축구화를 갖게 되었다. 그러고는 몇 달 사이에 네 켤레를 연달아 더 샀다. 축구화는 브랜드마다 최상급 제품은 20만 원이 넘지만, 내가 산 건 사진의 축구화를 빼고는 축구 용품 사이트에서 떨이로 파는 것이었다. 운동화에도 못 미치는 값이었다. 그래도 동네축구에서는 아무 문제가 없다.

처음에 한 켤레, 두 켤레 더 살 때에는 '아무리 싸다고 해도 한두 켤레 있으면 됐지 또 살 필요가 있나' 하면서 스스로 경계했다. 그러다가 생각을 고쳐먹었다. 안 그래도 돈 들 일 없는 취미 생활에, 내가 골프를 치냐, 양주를 마시냐, 영혼까지 즐거운 취미 생활을 하면서 이 정도 호사도 못 누리냐고 말이다. 백번 생각해도 잘했다.

그 뒤로 메이저 브랜드 축구화 두 켤레를 친구에게서 선물받았다. 매주 토요일 '오늘은 뭘 신을까' 고민하는 것도 즐겁고, 한 번씩 축구화를 베란다에 모두 꺼내놓고 바라보면 흐뭇한 마음에 밥을 먹지 않아도 배가 부르다.

그다음에 돈을 쓰는 곳은 책이다. 축구에 관한 책을 제법 사기 때문이다. 이거야 내 영혼과 감성을 풍부하게 하는 일인데 주저할 것도 없다. 그 밖에는 유니폼 안에 입는 속옷, 주심 볼 때 쓰는 휘슬과 손목시계 같은 것이 다다. 다 소소한 기쁨을 주는 물건들이다.

물론 큰돈 들 일이 남아 있기는 하다. 런던의 에미레이츠 스타디움에서 아스널과 토트넘의 북런던 더비를 직접 보고 바르셀로나에 가서 레알 마드리드와의 엘 클라시코*를 직

---

* 스페인의 FC 바르셀로나와 레알 마드리드의 경기를 엘 클라시코(El Clasico, The Classic)라 한다.

접 보는 것을 동네축구인으로서 일생의 꿈으로 남겨두고 있다. 그때까지 열심히 중경말축 하며 살 일이다.

# 잘 가라 내 사랑

얼마나 많은 세월이 흘러야 잊혀지려나

지금 여기 너 떠난 후에 나는 이렇게 쓸쓸한데

모두들 얘기를 하지 세월이 약이 될 거라

지금 여기 너 떠난 후에 나는 이렇게 쓸쓸한데

다시 한 번 내 가슴에 널 안을 수 있다면

너의 작은 심장이 두근대는 그 소리를

다시 들을 수도 없고 다시 안을 수도 없고

다만 눈물로 묻어둘밖에

안녕 잘 가라 내 사랑

너와 함께할 때면 매번 '오늘 플레이는 왠지 더 잘될 것 같다'는 기분이 들었지.

　가수 양희은의 35주년 앨범에 들어 있는 〈잘 가라 내 사랑〉의 노랫말이다. 이제는 더 함께할 수 없는, 내가 가장 아꼈던 너를 떠나보내며 이 노래와 글을 바친다.

　축구화의 세계는 한국에서도 세계적으로도 아디다스와 나이키가 지배해왔지. 나도 이 둘을 하나씩 갖고 있는데 외관도 출중하고 내 마음에도 흡족한 놈들이야. 그중 하나는 내가 축구화의 살아 있는 고전이라고 칭송했을 만큼 기품과 역사를 자랑하는 물건이지.

　그러나 2013년 10월 은행잎이 막 물들기 시작하던 볕 좋은 어느 가을날 축구화 매장까지 가서 만난, 비주류 소수 그룹에 속한 네가 한눈에 내 마음 깊숙이 와 닿았어. 화려하지도 심심하지도 않은 단아한 너의 자태와, 내면에서 우러나와 번쩍거리지 않고 은은히 빛나던 너의 빛깔에 마음이 확 끌렸어.

그렇다고 내가 너와 함께, 축구를 단아하게 하거나 은은하게 한 것은 결코 아니야. 그 반대였어. 내가 가진 다른 축구화도 돌아가며 신어보았지만 너와 함께할 때 나의 내면은 가장 고양되었어. 매번 '오늘 플레이는 왠지 더 잘될 것 같다'는 기분이 들었지. 더 열심히 뛰고, 네 이름처럼 더 치명적으로 플레이하려 했어(너의 이름에는 '치명적, Lethal'이 들어가 있어). 신기하게도 너와 처음 뛰던 날부터 내 발에는 물집 한 번 잡히지 않았어.

경기도 인재개발원 잔디 구장 페널티박스 바로 앞에서 수비수 한 명과 경합하며 감아 찬 멋진 왼발 슛, 우리 팀 홈 구장인 판교의 맨땅 운동장에서 크로스바를 맞고 페널티박스 훨씬 밖으로 날아온 공을 바로 골로 성공시킨, 모두가 감탄한 오른발 발리슛도 너와 함께 만들어낸 작품이었지.

그러나 너도 알다시피 나는 포지션이 공격수가 아니라 수비형 미드필더야. 많이 뛰어야 하는 자리지. 미드필드에서 상대방의 공격을 방해하거나 차단하고, 상대방에게서 공을 빼앗아 우리 공격수에게 연결해주고 나아가 우리 공격수의 후방을 지원하는 것이 임무지.

그래서 나는 어쩌다가 골을 넣을 때가 아니라, 힘들어도 한 걸음 더 뛰며 상대방의 공격을 막아내고 우리 공격의 계기를 만들어내는 역할을 잘해냈을 때 가장 흡족했어. 빛이 나진 않지만 몸과 마음은 충만했어. 그때마다 너도 늘 함께 있었지.

비록 너에게는 가혹한 맨땅 운동장이었고, 나는 한낱 동네축구 선수에 지나지 않았지만, 내가 해내고자 했던 그 수많은 플레이를, 나는 일일이 기억하지 못하더라도 너는 모두 기억하고 있을 거야.

그렇게 4년 넘게 고락을 같이했던 너를 이제 떠나보낸다. 3년 만에 밑창을 갈고 이음새에 가죽을 덧대는 대수술을 받았지만 너도 끝내 시간의 무게는 이기지 못하고 회복하기 어려운 상처를 입고 말았어. 이대로 보낼 수 없다는 절박한 마음에 몇 차례 더 너와 함께 뛰었지만, 이제는 품위 있게 이별할 때가 온 거야.

너와 함께 뛸 때면 느끼던, 내 발과 온몸으로 전해지던 너의 밀착감도, 달려 나온 골키퍼를 피해 비어 있는 골대를 향해 날린 상대방의 슛을 너를 앞세워 슬라이딩하며 막아 낼 때의 성취감도, 어쩌다 중거리 발리슛의 짜릿함도 다시는 느낄 수 없겠지. 그토록 치명적이던 너, 이제는 다만 가슴에 묻어둘밖에.

안녕.
잘 가라, 내 사랑.

# 바르셀로나의 추억

2006년 12월 딸아이와 둘이서 열흘 동안 유럽 배낭여행을 다녀온 적이 있다. 나는 그해 여름휴가를 미루었고 중 3인 딸아이는 현장 체험으로 학교를 빠졌다. 나나 딸이나 둘다 첫 유럽 여행이었다.

첫 기착지가 바르셀로나였던 것은 아름다운 도시이기 때문이기도 했지만, 무엇보다 도착 이틀 뒤 FC 바르셀로나의 홈 경기장인 캄 노우(Camp Nou)에서 FC 바르셀로나와 레알 소시에다드의 축구 경기를 보기 위해서였다. 금요일 밤늦게 바르셀로나에 도착했는데, 경기는 일요일에 있다.

물론 일부러 축구 경기가 있는 날로 일정을 잡았다.

토요일에는 바르셀로나 시내 이곳저곳을 둘러본 뒤 일요일 오전에는 캄 노우 경기장 투어를 하고 저녁엔 경기를 볼 계획이었다. 표도 썩 괜찮은 자리로 어렵사리 예매해두었다. 본부석 맞은편 앞에서 스물세 번째 줄. 맨 꼭대기 자리는 거의 10층 건물 높이인 경기장에서 선수 코앞이나 다름없는 자리다. 1장에 67유로, 값까지 기억난다.

다음 날인 토요일, 둘이서 람블라스 거리며 성가족성당(Sagrada Familia)을 비롯한 가우디의 건축물들을 찾아다니고, 해설이 있는 도보 여행을 신청하여 이곳저곳 신나게 따라다녔다. 그런데 축구 경기는 이튿날인데 바르셀로나 시내에서는 이날부터 그 열기를 느낄 수 있었다. 곳곳에 블라우그라나(Los Blaugrana, 진한 청색과 붉은색이 번갈아 있는 FCB의 상징색) 깃발이 걸려 있고, 맥줏집 앞에는 정확하게 읽을 수야 없지만 레알 소시에다드와의 경기를 TV로 중계한다는 안내문이 걸려 있었다. 생각했다. "역시 다르구나. 경기 전날부터 도시가 축구로 달아오르는구나". 내일의 축구장 생각에 가슴이 뛰었다. 그러나 이때 나는 온 도시가 나

영원하라, 바르샤!!  한국에서 온 친구

에게 신호를 주고 있었음을 알아차렸어야 했다.

청색과 적색 도화지를 사다가 응원용 블라우그라나 펼
침막을 집에서 만들어 갔다. 그 위에다 흰색으로 "Visca el
Barça!!* Friend from Korea"('영원하라, 바르샤!'라는 뜻이다)
라고 정성 들여 썼다. 본부석 맞은편이니까 TV 카메라가 펼
침막을 한 번은 잡아줄 거라고 생각하고 후배에게 그 경기
를 꼭 녹화해두라는 부탁도 해두었다. 그러니 전날 토요일
거리의 분위기만으로도 가슴이 안 뛸 수가 없었다.

드디어 일요일 아침 축구장으로 가려고 호텔을 출발하
기 직전인데, 로비에 있는 스포츠 신문의 머리기사가 눈에

---

* 　바르샤(Barça)는 FC 바르셀로나의 애칭.

들어왔다. 그런데 이 무슨 날벼락인가? 스페인어인지 카탈루냐어인지 알 수는 없지만, 분명 어젯밤 1 대 0으로 바르셀로나가 이겼다는, 오늘 저녁에 보아야 할 경기의 기사였다! 이게 무슨 데자뷔도 아니고! 인쇄해온 바우처를 보여주며 카운터의 직원에게 물었다. 직원은 한두 군데 전화를 돌리더니 경기는 어제 있었다고 했다. 처음에는 일요일 저녁 9시로 예정되어 있었는데, 토요일 8시로 하루 당겨졌던 것이다.

그때서야 프린트를 자세히 보니 "날짜와 시간은 미확정"이라고 되어 있었다. 처음 표를 살 때에는 '9시 시작'이었는데 출발 전에 바르셀로나 홈페이지에서 시간이 8시로 한 시간 당겨진 것은 확인했었다. 아마 그때 이미 날짜도 당겨졌지 않았을까 짐작된다. 시간이 당겨진 것만 확인하고 날짜가 바뀌리라고는 생각도 못 했던 것이다. 이렇게 어처구니없이 우리는 이 경기를 보지 못하게 되었다.

그때야말로 혼비백산에 패닉이었다. "나는 안 봐도 괜찮은데, 아빠 불쌍해서 어떡해! 축구 보러 여기까지 왔는데…" 하는 딸아이의 위로를 받고서야 겨우 마음을 수습했다. "그래, 이미 엎어진 물, 축구장 투어라도 즐겁게 하자."

투어는 10.5유로, 정해진 동선을 따라 축구장의 이곳저곳을 둘러보는 것이다. 관중석 높은 곳에서 운동장을 내려다보기도 하고 선수들 드레싱룸과 샤워실, 그 옆에 있는 작은 기도실도 돌아보았다.

그중에서도 드레싱룸은 인상적이었다. 이곳은 경기 전후와 하프타임 때 선수들이 옷을 갈아입고 대기하는 곳이다. 축구팀에 드레싱룸의 분위기는 아주 중요하다. 전반전에 죽을 쑤던 선수들이 불굴의 정신으로 후반전의 대역전극을 만들어내는 것도 바로 하프타임 때 드레싱룸의 분위기다. 전반전을 마치고 막 들어온 선수들의 거친 숨소리가 들리는 듯도 했다. 당시 바르셀로나의 에이스는 말총머리 호나우디뉴였다.

그러고는 선수들이 입장하는 터널을 지나 경기장 안으로 들어가 선수들이 뛰는 그라운드를 밟아보고는 박물관으로 가게 된다. 박물관에는 1899년 창단 이래의 우승 트로피는 말할 것도 없고 영광과 좌절을 고스란히 담은 사진과 선수들이 입었던 유니폼 등 바르셀로나의 모든 역사가 전시

되어 있다. 선수로서 리그 우승을 하고 감독으로서 오늘날 바르사 축구의 원형을 만든 요한 크루이프의 빛나는 업적도 현장에서 확인할 수 있었다. 투어의 마지막 코스는 기념품 가게다. 경기를 놓친 허망함을 달래려 모자와 티셔츠 따위의 소소한 기념품을 사서 지금도 신줏단지 모시듯 하고 있다.

이렇게 나의 바르셀로나 여행은 절반의 목적만 달성하는 데 그쳤다. 지금도 아쉽지만 덕분에 축구를 보고 온 것보다 훨씬 더 강렬하고 오래가는 추억을 만들고 온 셈이다. 시간이 지나도 늘 재미있는 얘깃거리가 되니 말이다. 언젠가 늙어서 다시 한 번 딸과 함께 바르셀로나 축구장을 찾기를 꿈꿔본다.

# 축구와 논술 공부

버릴 책 정리를 하다가, 2009년 1월 딸아이가 고 2 겨울 방학 때 나하고 함께한 논술 연습 자료가 나왔다. 내가 문제를 내고 딸아이가 쓴 글에 토를 달며 빨간펜 선생님 노릇을 한 것이다.

영어 기사 두 개를 읽고 프리미어리그 축구 클럽 아스널과 맨체스터 시티의 철학을 비판적으로 평가하고 본인의 생각을 말하라는 문제였다. 이 문제에는 설명이 약간 필요하다. 당시 맨시티는 중동 부자가 인수한 뒤 엄청난 돈을 쏟아붓고 있었다. 이탈리아 AC 밀란의 카카를 1억 파운드에

동네축구인의 딸은 논술 공부도
축구로 한다.

영입한다는 루머도 나돌았다. 당시 아스널은 재정적으로
어려운 시기였다.

이때 아스널의 아르센 벵거 감독은 맨시티의 돈을 부러
워하지 않는다며 "1억 파운드를 어떻게 쓸 것인가보다 다
음 경기를 어떻게 치를 것인지에 더 관심이 많다. 우리가 축
구로 벌어들인 범위 내에서 돈을 쓰며 팀을 향상시켜나가
는 것, 그것이 축구의 진짜 세계"라고, 맨시티는 진짜 축구
의 세계에 있는 것 같지 않다는 태도를 보였다.

딸아이의 결론은 이랬다. "이번 사안과 관련하여 스포츠계에서도 우려의 목소리가 나오고 있는 시점에 아스널의 감독 벵거는 그만의 확고한 직업관을 보여주었다. 그는 자신의 팀과의 약속을 지키기 위해 최선을 다할 뿐 다른 이들이 얼마를 버는지는 관심이 없다며 대조적인 모습을 보였다. 자기 일을 즐기고 할 수 있는 한 최선을 다한다는 그만의 철학은 가장 당연한 것임에도 불구하고 많은 이들에게 큰 깨우침을 주고 있다."

스물여섯 딸아이도 물론 예쁘지만 축구 이야기로 아빠와 논술공부를 하는 고 2짜리도 그립다.

# 동네축구인 부인의 어느 일요일 밤 풍경

사랑과 증오, 삶과 죽음, 그보다 훨씬 더 중요한 축구, 인간의 존엄성과 축구, 심판이 없으면 축구도 없다. 주심과 부심의 몇 가지 문제, 오프사이드.

이우FC에서 내가 한 강의의 주요 제목들이다. 팀에서 심판위원장을 맡았을 때, 토요일 오후 축구를 마치고 저녁에 심판요원 교육으로 한 주제들이다.

이 동네축구인의 부인, 남편이 평소에 하도 여러 번 얘기한 탓에 이 내용들을 대체로는 이해하고 있다. 그러나 체계적 이해와는 거리가 멀다. 그래서 이 부인의 동의를 얻어 일

귤은 수비수, 사탕은 공격수, 아몬드는 공!

요일 밤 약 한 시간에 걸쳐 팀에서 한 강의를 되풀이했다.

이 모습을 본 딸은 "불쌍한 엄마!"를 연발했지만 절대 그렇지 않다. 강제 교육이 아니라 어디까지나 자발적 참여에 의한 자유로운 분위기의 교육이었다. 심지어 주심과 부심의 문제까지 이야기한 뒤에 오프사이드는 다음에 하자니까 오늘 마저 하자고 할 정도였다. 이 부인, 시종일관 진지한 자세로 경청하면서 강사의 질문에 정확하게 답했을 뿐 아니라 예리한 질문까지 해줄 정도였다.

사진에서는 남편이 혼자 떠드는 것 같지만, 초상권 주장에 얼굴 노출을 피하다 보니 저리 된 것일 뿐 실제는 얼굴을 맞댄 일대일 밀착 개인 교습이었다. 부부간에 아주 보람찬 일요일 밤이었다.

상 위의 귤과 사탕도 그냥 귤, 사탕이 아니라 오프사이드 설명 과정에서 사용된 교보재들이다. 귤은 수비수, 사탕은 공격수, 아몬드는 공!

# 사커 와이프의 새벽

미국에는 '사커맘(soccer mom)'이라는 말이 있다. 미국 중산층 가정에서는 아이들의 방과후 활동으로 야구보다 축구를 시키는 경향이 있다. 사커맘은 교외에 살며 아이를 축구장까지 실어나르는 주로 백인 중산층 여성을 가리킨다. 축구가 끝날 때까지 응원하며 기다리고, 코치와의 관계도 잘 유지하면서 아이가 즐겁게 축구를 할 수 있도록 최선을 다한다. 한국의 '강남 엄마'와 비슷한 듯도 하지만, 성적과 경쟁보다는 아이의 건강한 생활을 위해 열성적이라는 점에서 좀 더 긍정적인 뉘앙스가 있다고 한다. 말의 뜻이 확장되

새벽 3시 반, 사커 와이프는 말없이 일어나 함께 경기를 본다.

어 꼭 축구가 아니어도 아이의 과외활동에 열성적인 엄마 일반을 가리키기도 한다.

WAGs라는 말도 있다. Wives and Girlfriends(of Footballers, 축구 선수의 아내나 애인)이다. 달리는 백만장자들인 축구 선수의 부인이나 애인은 한결같이 빼어난 미인이다. 그래서 월드컵이 벌어지면 그녀들의 미모와 패션은 늘 언론의 관심의 대상이 된다.

사커 와이프(soccer wife). 사전에도, 위키피디아에도 나오지 않는 말이다. 내가 창작했기 때문이다. 널리 사용될 것 같지도 않다. 축구에 빠진 남자를 남편으로 뒀다고 해서 모두 사커 와이프가 되는 것은 아니다. 사커 와이프는 주말에 남편이 축구하러 나갈 때 특별한 일이 없으면 지하철역까지 태워주는 건 기본이고, 때로 짐이 많을 때는 운동장까지 데려다주기도 한다. 남편의 끊임없는 축구 이야기를 인내심 있게 들어주는 것은 물론이요, 틈만 나면 틀어대는 축구 재방송에도 뭐라 잔소리를 하지 않는다. 남편이 되풀이하는 설명으로 오프사이드 룰은 거의 정확히 이해하고 있다.

사커 와이프는 거기에 그치지 않는다. 정말 중요한 경기는 새벽에 같이 보기도 한다. 2016년 3월 24일 바르셀로나의 전 감독 요한 크루이프가 타계하고 처음으로 열린 레알 마드리드와의 엘 클라시코 전날 밤, 남편이 말한다. "내일 새벽 경기는 레알 마드리드와의 경기다. 더구나 부인도 어쩌다가 감탄하곤 하는 바르셀로나 축구, 끊임없는 움직임과 짧고 정교한 패스로 이루어지는 아름다운 공격축구의 원형을 만든 요한 크루이프 선생이 타계한 뒤의 첫 경기다.

그러니 부인께서도 약간은 추모의 마음으로 봐주시는 게 도리에 맞지 않겠나. 마침 티셔츠도 두 장 있고." 사커 와이프는 답한다. "세뇌가 무섭긴 무섭다. 하도 많이 들어 이 경기는 나도 꼭 봐줘야 할 것 같다." 그래서 새벽 3시 반에 깨워도, 비록 전반전만 보고 다시 잘지언정, 사커 와이프는 말없이 일어나 함께 경기를 본다.

또 어느 설날을 앞둔 수요일 출근길에 사커 와이프가 물었다. "이번 토요일에 축구 못 해서 어떡해?" 설날인 금요일 오후에 처가로 가서 일요일 오전에 돌아올 예정이어서 축구를 빠질 수밖에 없는 상황이었다. 남편은 며칠째 내심 어떻게 방법이 없을까 머리를 굴리고 있었지만 짐짓 담담한 척 말한다. "할 수 없지, 뭐." 그러자 사커 와이프, 잠시 뜸을 들이더니 "마, 급한 일 있다고 하고 토요일 아침에 먼저 올라가라!"고 단박에 사태를 정리해준다. 아, 남편의 내면을 꿰뚫고 있던 통 큰 그녀는 정녕 진정한 사커 와이프!!

아내가 영국에서 공부하던 딸아이에게 갔다가 돌아올 때의 일이다. 런던 출발 비행기가 늦어져 환승 비행기를 놓치는 곡절 끝에, 거의 하루가 늦었다. 그리고 곧 귀국할 딸아이의 잡동사니가 가득 든, 갈 때보다 더 무거운 짐도 함께 왔다.

짐 중에 내 관심사는 따로 있었다. 나는 아내가 런던을 출발하기 전날 아스널 짝퉁 머플러라도 하나 사다달라고 부탁했다. 그러나 그날엔 바빠서 머플러를 살 수가 없었고 진작에 사두었다는 2017-18 새 시즌 아스널 홈 유니폼을 꺼내놓는 것 아닌가. 2년 전 처음 딸아이한테 갔을 때 아스널 홈구장까지 가서 아스널 문양도 선명한 빨간 셔츠와 머그잔을 사가지고 왔다. 해서, 여행 가선 남편이 말하지 않더라도, 남편이 열렬한 팬인 팀의 유니폼이니 머그잔이니 소소하나마 묵묵히 챙겨 오는 그대는 바로 사커 와이프!!

그러니까 사커 와이프는 WAGs와 달리 남편이 백만장자도 아니고, 빼어난 미모와 첨단의 패션과도 거리가 멀다. 사커 와이프는 축구에 빠진 평범한 남편에 대한 공감과 이해를 본성으로 하는 평범하고도 특별한 아내의 다른 이름이다.


**덧붙임** 도대체 아스널 팬이냐 바르셀로나 팬이냐, 헷갈

릴 수도 있겠다. 바르셀로나는 내가 축구에 빠지는 계기가 된 팀이다. 우리와 카탈루냐의 역사적 경험의 유사성으로 쉽게 바르셀로나에 정치적으로 감정이입되었다. 게다가 바르셀로나의 그 빛나는 축구에 매료되지 않을 사람이 있는가. 그래서 바르셀로나를 좋아한다. 그러나 성적에 일희일비하지는 않는다. 그 팀은 아스널이다. 두 팀의 경기가 벌어지면 당연히 아스널을 응원한다. 내가 아스널 팬이 된 뒤에 있은 두 팀의 경기에서 아스널이 이긴 것은 2011년 2월 챔피언스리그 16강전 1차전 홈경기 때 2 대 1 승리가 유일하다.

# 당구(堂狗) 삼 년(三年)에 농풍월(弄風月)이라

아내도 1년에 한두 번은 FC 서울의 K리그 경기를 보러 나와 함께 축구장을 찾는다. 나는 K리그에서는 FC 서울을 응원하지만 아내는 응원하는 팀이 없고 그날그날 다르다. 그러나 대체로 상대 팀이 골을 넣을 때 환호작약해서 나를 황당하게 만든다. 이 축구인 부인은 경기가 끝나면 한 번씩 한 줄짜리 관전평을 내놓는데 그게 압권일 때가 있다. 몇 가지만 소개한다.

## 오늘은 데얀이 별 힘을 못 썼다

2012년 6월 20일 FA컵 16강전 FC 서울과 수원 삼성의 슈퍼매치 때다.* 수원 삼성이 2 대 0으로 완승한 경기였다. 나는 그날의 최고 승리자를 수원 삼성 응원단 블루윙즈로 꼽았다. 규모도 홈팀 응원단에 뒤지지 않았고 열정은 홈팀을 압도하였다. 특히 응원가 중에 "오오~ 데요데요~" 비슷하게 들리는 노래는 단순하면서도 격정적이고, 운율이 느껴지면서도 내면의 열정을 끌어내는 훌륭한 응원가였다.

아내는 경기장을 나오면서 한마디 툭 던졌다. "오늘은 데얀이 별 힘을 못 썼다." 몬테네그로 출신의 데얀 다먀노비치는 그 시즌 31골로 득점왕을 차지한 K리그 최고의 스트라이커였다. 경기가 안 풀릴 때, 특히 슈퍼매치 같은 큰 경기에서는 팀의 에이스가 역할을 해주어야 한다는 것은 모든 축구 팬이 동의하는 바 아닌가.

---

\* 두 팀은 K리그에서 가장 많은 관중과 응원단을 거느리고 있으며 K리그에서 대표적인 라이벌 관계를 형성해왔다. 두 팀의 경기를 '슈퍼매치'라 부르는데 K리그 경기 중 가장 많은 관중을 동원하며 5만 명이 넘는 경우도 드물지 않다.

## 축구는 선수가 30퍼센트, 관중이 70퍼센트 하는 경기다

2016년 3월 20일 FC 서울의 첫 홈경기 때 나도 아내와 그해 첫 축구장 나들이를 했다. FC 서울의 레전드 데얀이 2년간의 중국 생활을 끝내고 다시 서울로 돌아온 해였다. 그는 2008년부터 2013년까지 FC 서울에서 뛰면서 K리그 최초 3년 연속 득점왕(2011~13)과 2012년 MVP에 141 득점을 기록한 최고의 외국인 스타다.

이날 데얀도 복귀 골을 터뜨리며 FC 서울은 상주 상무에 4 대 0으로 완승하였다. 2만 6,000명 대관중의 열렬한 응원 속에 관전을 마친 아내는 이날도 축구 격언이 되고도 남을 한 말씀을 남겨주었다. "축구는 선수가 50퍼센트, 관중이 50퍼센트, 아니 선수가 30퍼센트, 관중이 70퍼센트 하는 경기다."

문외한이 불쑥 던진 이 한마디는 축구에서 선수와 팬, 경기와 팬의 관계를 집약한다. 왜 세계 모든 축구팀이 홈경기 성적이 더 좋은지, 왜 홈경기장이 가득 차고 홈팬의 응원이 열렬한 팀일수록 홈경기의 승률이 높은지를 이보다 더 잘 설명하기도 쉽지 않다. 사커 와이프는 진화한다.

## 축구는 끊임없이 판단하고 결정해야 하는 격렬한 정신 활동이다

2017년 5월 27일 FC 서울과 울산의 K리그 경기를 보고 나오면서 한 말이다. 이것은 이윽고 축구의 본질에 다다른 통찰이 아닐 수 없다. 나는 축구를 "자유로운 창의성과 정교한 전술을 바탕으로 인간의 원시적 열정과 맨몸의 역동성이 빚어내는 극한의 집단행위예술"이라고 해왔다. 축구는 원시적 열정과 맨몸의 역동성이 자유로운 창의성과 정교한 전술을 만나 극한의 집단행위예술이 된다. 그것은 매 순간 끊임없는 판단과 결정을 요구한다. 열정적이고  역동적인 만큼 격렬한 정신 활동이다.

이날 경기가 한 골도 터지지 않은 0 대 0 무승부 경기였음을 생각하면 저 촌평은 그야말로 축구의 본성을 깨친 축구 열반의 언어라 할 것이다. 사커 와이프는 끊임없이 진화한다. *

---

\* 이날 아내의 수준에 감탄한 나머지 '堂狗 三年에 弄風月'이라는 찬사를 바친 것은 비밀이다. 그러나 '堂狗'가 '서당개'를 가리킴은 비밀이 아니다.

# 가족들에게 축구 강의를 하다

축구가 어떻게 우리 삶을 개선할 수 있는가. 생뚱맞은 질문이다. 나는 이 생뚱맞은 질문을 주제로 축구에 관한 내 생각을 정리하여 2016년 동네축구 클럽에서 회원들을 상대로 강의한 적이 있다. 아마도 회원들은 10년 가까이 동호회 활동을 해오면서도 처음 들어본 이야기였을 것이다. 더욱 생뚱맞게도 축구와 아무 상관없는 사람들을 상대로도 여러 차례 이 이야기를 했다.

친구들과 1박 2일 순천만 여행을 갔을 때다. 평소 친구들 모임에서 각자의 관심사에 대해 발표하고 같이 애기해보자고 했는데 내가 그 첫 시도를 맡았다. 늦은 밤 민박집, 청중도 몇 안 되었지만 내내 친구들과 진지한 교감을 나눌 수 있었다. "우리 나이에 공을 차는 건 대단한 체력 관리라 생각했는데 단순한 체력 관리 수준이 아니라 이렇게 취미를 연구하고 발전시켜 전체 삶을 풍부하게 만드니, 나를 돌아보게 만든 시간이었소"라는 친구의 촌평은 최고의 덕담이었고 나로서도 보람 있는 시간이었다.

사오십 대 인류학자들 공부 모임에서 축구 이야기 한번 해달라는 요청을 받은 적도 있다. 페이스북에 축구 이야기를 많이 했더니 관심 있게 읽은 후배가 제의한 것이었다. 기꺼이 토요일 오후 축구를 포기했다. 모두 박사들만 앉혀놓고 '달랑 학사'가 한 시간 반 넘게 떠들었다. 학사의 이야기에 박사들은 그때그때 적절한 추임새를 넣으며 적극적으로 반응해주었다.

인류학은 인간의 삶의 양식을 탐구하고 문화를 해석하는 학문이다. 생각해보면 축구 이야기, 특히 축구 팬 이야기는 흥미진진한 인류학의 주제가 아닐까. 인류학자를 상대로 한 아마추어 축구 팬의 이야기가 한국 최초로 축구를 주

기꺼이 토요일 축구를 포기하고 인류학 박사들 앞에서 축구 강의를 했다.

제로 한 인류학 논문이 나오는 계기가 되고 축구 인류학의 기원이 되기를 바란다고 했는데, 그런 일이 생기지 말란 법도 없다. 나 또한 이야기의 깊이를 더하고 말로만 그쳐서는 안 되겠다는 자극을 받았다.

드디어는 가족을 상대로도 축구 강의를 했다. 내 본가 가족은 2006년부터 추석을 한 주 앞당겨 어머니와 형제들이 모이기 쉬운 곳에 숙소를 잡아 1박 2일을 함께 지내고, 추석에는 별도의 모임 없이 각자 계획대로들 보낸다. 보통 첫날에는 밖에서 저녁을 먹고 들어와서는 편하게 한잔 더 하

축구 백지인 형수를 축구의 세계에 빠뜨리는 게 목표다.

며 함께 이런저런 얘기를 나눈다. 그해에는 내가 저자 직강
축구 강의를 하겠노라고 미리 밑자락을 깔아둔 터였다.* 가
장 늦게 합류한 조카며느리를 포함해서 가족들 모두 오십
대 후반인 내가 열렬한 축구주의자임을 잘 알고 있었다.

청중은 내 어머니부터 형제와 형수들, 조카들과 조카사
위에 조카며느리, 아내와 딸아이까지 열 명이 훌쩍 넘었다.

---

* 2016년 출간된 《12가지 코드로 읽는 대한민국 축구》라는 책에서 '축구의 가치'
부분을 내가 썼다.

이것이 네 번째 강의였는데 청중 구성도 이십 대부터 육십 대에 이르기까지 아주 다양하고, 대부분이 축구에 전혀 또는 거의 관심이 없는 상태였다. 어머니야 일찍 주무시지만, 축구에 관한 한 지식이 완전 백지인 내 형수들을 축구의 세계에 풍덩 빠뜨리는 게 목표였다.

과연 형수들이 축구의 세계에 빠졌는지가 무에 그리 중요하리. 다만 사랑하고 신뢰하는 가족들 앞에서 관심사를 정성 들여 이야기하고 그걸 기꺼이 들어주는 그 시간이 소중할 따름이다.

# 만능 스포츠맨의 굴욕

나는 수영을 할 줄 모른다. 천하의 축구인이자 자칭 만능 스포츠맨도 수영을 할 줄 모른다. 여기에는 가슴 아프고 머리 아픈 사연이 있다.

## 가슴 아픈 사연

내 놀던 고향에 물이 없어서인지 어릴 때 수영을 배우지 못했다. 맨 공만 가지고 놀았다. 처음 수영 배우기를 시도한 건 1992년 여름, 자그마치 삼십 대 중반에 가까워서다. 사법시험 공부를 막 시작한 때였다. 이건 장기전, 체력이 중요하다, 해서 수영을 배우기로 했다. 새벽 6시 주 3회 단체 강습반에 등록했다. 끝나고 도서관으로 출근한다.

이삼십 명의 남녀 혼성반이었다. 꼬맹이 풀에 걸터앉아 물장구치는 것부터 시작했다. 조금 더 큰 풀로 가서 "음 – 파 – "도 배웠다. 둘째 주가 되자 큰 풀로 가서 킥보드를 잡고 숨을 참으며 물장구를 쳤다. 내 또래의 젊은 남자인 강사가 수강생들이 물장구치는 품새를 보고 제대로 한다 싶으면 같은 풀의 깊은 쪽으로 승급을 시켰다(이때부터 숨을 참고 물장구를 치다가 일어서면 머리가 아파오기 시작했다).

그런데 내 비록 수영을 못해도 운동신경은 누구한테도 뒤지지 않는다고 자부해왔는데, 이 강사가 도무지 나를 승격을 시키지 않았다. 승격한 다른 사람의 자세를 봐도 '내가 저 정도는 충분히 하는데' 싶었다. 둘째 주 금요일이 되었는데도 강사가 여전히 나를 방치하였다. '아, 이건 수강생이 많아 필시 강사가 나를 보지 못한 것이다'라고 자가진단을 내린 뒤 깊은 쪽으로 임의 승급, 자진 월남을 단행했다.

머리를 물속에 박고 한참 물장구를 치고 있는데, 누가 내 다리를 잡아당겼다. 강사였다. "아저씨, 저쪽으로 가세요."

나를 콕 집어서 원상회복, 강제 북송시키는 것 아닌가. 아, 그 창피함이란, 지금 생각해도 낯이 화끈거리고 가슴이 울렁거린다. 죽은 듯이 그 시간을 마쳤고, 그게 마지막 시간이 되었다. "수영은 나한테 맞지 않아. 다른 운동 하면 되지, 뭐." 전형적 인지 부조화 상태에 직면한 나는 이런 합리화로 아픈 가슴을 어루만지며 그다음 월요일부터는 도서관으로 직행했다. 석 달 치 끊지 않은 게 다행이었다.

### 머리 아픈 사연

9년 뒤 2001년 여름, 아내가 미국으로 가기 직전이었다. 아내와 나눈 대화다.

**나** 내가 혼자 있으려면 건강이 중요한데 수영을 다시 배우는 게 어떻겠냐?

**아내** 그거 좋은 생각이다.

**나** 마흔 넘어 배우는데 지난번처럼 단체로 배워서야 효과가 있겠냐, 개인 교습이 오히려 남는 것 아니겠냐.

**아내** 그건 네 말이 맞다.

**나**  그렇다면 동기 부여를 위해 미모의 강사를 찾아주라.

**아내**  (한번 쓱 쳐다보더니) 알았다, 찾아주마.


온 동네 수영장을 다 뒤져서 며칠 뒤 과연 여자 강사가 있는 수영장을 찾아주었다(통 큰 행보!). 동기가 충만하고 의욕에 불타는 나는 이제 '수영은 시간문제다'라고 속으로 큰소리를 쳤다. 과연 일대일 우먼투맨 교육은 효과가 좋았다. 역시 월·수·금 주 3회 강습인데, 첫 주에 강사로부터 칭찬까지 들었다.

그러나 앞서 가슴 아픈 사연에서도 머리가 아프기 시작했다는 얘길 잠깐 했지만, 둘째 주가 되자 숨을 참고 물장구를 치다가 일어서면 머리가 아프기 시작했다. 물속에서부터 머리에 통증이 오기 시작해서 물 밖으로 나오면 깨질 듯이 아팠다. 수요일까지는 억지로 참았다. 금요일엔 두어 번째 물장구에서 도중에 일어서고 말았다. 수업이 시작되고 5분 남짓한 시간이었다.

머리가 깨질 듯이 아프다는 게 바로 그런 것이었다. 비유를 하자면, 쇠망치로 머리통만 한 유리구슬을 맥박이 뛰는 박자로 있는 힘껏 내려치는 것 같았다. 그러면 '쩡! 쩡!' 하며 구슬에 금이 갈 것 아닌가. 피가 돌 때마다 그렇게 아팠다. 강사의 미모도 소용없었다. 바로 포기하고 출근하였으나 통증은 전혀 가라앉지 않았다.

점심때가 다 되어 견디지 못하고 나의 주치의인 처제에게 전화했다. 바로 택시 타고 대학병원 응급실로 가라고 했다. 머리에 출혈이 있으면 그렇게 심한 통증이 온단다. CT 사진을 보더니 의사는 출혈은 없으니 걱정 말라고 했다. 격렬한 운동이나 수영을 하다가 흔히 그런 현상이 발생해서 교과서에도 'swimming headache'로 나오는데, 아직 그 인과관계는 밝혀지지 않았다고 했다.

드디어 수영을 완전히 포기할 때가 온 것이다. 이제 물가에 가지 않는 수밖에 없었다. 딸아이가 물에 빠지면 서서 구경만 하고 있을 수는 없으니, 물에 들어가서 둘이 같이 죽는 수밖에 없다, 뭐 이러면서 물과의 관계를 정리했다(다행히 딸아이는 수영을 잘 배웠다).

허벅지께 깊이에서 놀고 있는 만능 스포츠맨.

## 만능 스포츠맨의 굴욕

광복절 연휴 때 처가 식구들과 감포 앞바다에 갔다. 동서는 수십 년 스킨스쿠버를 한 사람이고 인명 구조 자격증까지 있다. 초등학교 4학년짜리 그 아들도 스노클링인가 입에 뭘 끼고 물속을 들락날락하는데, 이 천하의 축구인은 그저 허벅지께밖에 물이 들어오지 않는 바위에 앉아 발만 담그고 있으니 굴욕이 아닐 수 없다.

지구 표면의 3분의 2에서 완전 젬병인데, 만능 스포츠맨은 무슨!!!

# 김시진과 이만수*

## 동네 형의 건투를 빈다

김시진 전 넥센 감독이 롯데 감독으로 부임했다는 소식을 방금 읽었다. 나는 김시진 감독에 대해 두 가지 감정을 가지고 있다. 하나는 동네 형 같은 느낌이고 다른 하나는 김 감독이 한국시리즈에서 삼성을 꺾고 우승하기를 바라는 마음이다. 이것은 이만수 감독에 대해서도 마찬가지다. 올해에도 이 감독이 삼성을 이기기를 바란 건 물론이다.**

---

\* 김시진 감독은 2012년 11월 5일 롯데 자이언츠 감독으로 부임했다. 이 글은 그때 쓴 것이다.

\*\* 2012년 한국시리즈는 삼성 라이온즈와 SK 와이번스의 대결이었는데 이만수 감

두 사람 다 대구상고 출신이고 둘 다 58년 개띠, 나보다 두 해 선배다. 다만 고등학교 입학 연도로는 김 감독은 두 해 위지만 이 감독은 한 해 위다. 나는 중고등학교를 대구에서 다녔는데, 중고등학교 모두 한 울타리에 있는 학교였고, 내가 다닌 학교와 담 하나 사이로 대구상고가 있었다. 대구상고, 경북고가 야구로 끗발을 날릴 때는 내가 초등학생, 중학생 때이다. 그 대표적인 선수가 고 장효조 선생이다.

중2 때의 일이다. 상고(대구에서는 대구상고를 그냥 '상고'라고 불렀다) 야구부가 자기 학교 담장 아래에서 놀다가 야구공이 우리 학교 쪽으로 넘어왔다. 당시 1학년이던 김 감독이 공을 주우러 담을 넘어왔다가 우리 쪽 고등학생들 여러 명에게 흠씬 두들겨 맞은 사건이 벌어졌다. 담 하나를 두고 텃세를 부린 것이다. 여기까지는 전해들은 얘기고 그다음부턴 직접 목격한 얘기다.

후배가 공 주우러 갔다가 두들겨 맞고 왔으니 상고 야구부 선배들이 가만있겠나. 야구부 전체가 야구방망이 하나

독이 SK 와이번스 감독이었다. 삼성 라이온즈가 4승 2패로 우승하였다.

씩을 들고 우리 쪽으로 담을 넘어온 것이다. "장효조다, 장효조!" 중학생인 우리로서는 얼마나 신나는 일인가. 당시 한국 스포츠 최고의 스타가 후배의 복수를 위해 방망이를 들고 담을 넘어왔으니!*

그중 한 명이 일갈한다. "낼 모레 대표팀에 나가야 될 '아~를 이레 패노마 우야자는 기고'(애를 이렇게 패 놓으면 어떡하자는 것이냐)! 이 씨xxx!!"(김시진은 1학년이었지만 고교 대표 선수로 국제 대회에 나가게 되어 있었다). 야구부는 두들겨 팬 고등학생 중에 한 명을 지목한 것 같았다. 양쪽 학교 선생들이 총출동해서 말리고 난리가 났다. 14년 인생의 가장 드라마틱한 사건의 현장에 내가 있었다. 뭔지도 몰랐던 2년 전의 유신 쿠데타는 비할 바가 아니었다.

그렇다고 팬 놈이 나타나나? 우리의 장효조 선생을 비롯한 야구부원들이 학교 교문 앞에서 방망이를 어깨에 걸친 채 일렬횡대로 앉아 주범을 기다리는 것을 본 게 마지막 장면이었다. 딱 애들 동네 싸움하는 장면 아닌가. 얻어맞고 오

---

* 당시 고교 야구는 가장 인기 있는 스포츠로 서울에서 열리는 대회는 거의 생중계될 정도였다.

면 떼거리로 몰려가 다시 패주고. 김 감독이나 이 감독이나 개인적인 인연은 없지만 같은 시대에 담 넘어 학교를 다닌 터에 이런 사건까지 겹치니 동네 형 비슷한 느낌을 가지는 것이다.

김시진과 이만수는 초창기 삼성 라이온즈를 대표하는 투수와 타자다. 지금 세대는 이승엽을 꼽겠지만, 내 연배의 아래위 10년에게 당시 삼성을 대표하는 선수 한 명을 꼽으라면 아마도 예외 없이 이만수를 꼽을 것이고, 역대 삼성 투수 중 한 명으로는 주저 없이 김시진을 들 것이다. 그런데 이 두 사람은 모두 삼성으로부터 버림받았다. 김시진은 선수회 결성을 주도한 롯데 최동원과 맞트레이드되었고, 이만수는 은퇴 경기조차 갖지 못했다. 팀에 헌신한 프랜차이즈 스타를 그렇게 대접해도 되는가?

나는 역대 한국시리즈에서 최고의 시리즈를 꼽으라면 삼성과 롯데가 붙은 1984년을 든다. 당시엔 전후기 우승팀끼리 한국시리즈를 하게 되어 있었다. 전기 우승팀 삼성은 만만한 롯데와 한국시리즈에서 만나기 위해 당시 후기 리그 1위이던 롯데와의 마지막 2연전에서 그 유명한 져주기

시합을 했다. 역사에 길이 남을 추태였다. 당시 감독은 김영덕. 그러나 그것이 어찌 감독만의 결정이었으리. 일등제일, 승리만능인 삼성의 방침과 무관하다고 할 수 있을까.

그렇게 고른 만만한 롯데가 고 최동원 선생의 역사에 남을, 전무후무한 '혼자 4승'을 일궈낸 혼신의 전력투구로 7차전 끝에 우승을 하였으니, 역사의 교훈이라고 해도 지나치지 않다.

나는 김시진 감독과 이만수 감독이 성공적인 선수 생활을 보낸 것처럼 감독으로서도 성공하기를 바란다. 가능하다면 한국시리즈에서 삼성 라이온즈를 꺾는 모습을 보고 싶다. 이건 복수심 따위가 아니라, 동네 형이 자신을 버린 팀을 이기고 우승하면 그 형들이 더 폼 나지 않는가. 뭐, 그런 감정을 갖고 있다.

**덧붙임** 혹시 이 글이 고 장효조 선생이나 김시진 감독의 명예를 훼손하지는 않을까 생각해보았다. 만에 하나 그런 점이 있더라도 동네 동생이 선의에서 하는 이야기니 너그러이 이해해주시기 바란다.

## | 프로축구와 프로야구의 제도적 차이: 경쟁이냐 독점이냐 |

축구든 야구든 최상급 엘리트 경기는 모두 프로 구단이 소속된 단체가 경기 운영을 관장한다. 두 종목 모두 정해진 시즌 동안에 소속된 팀들끼리 정해진 수의 경기를 치러 순위를 결정하는 리그전(戰) 방식을 채택하고 있다. 또 경기력의 수준에 따라 리그를 여러 개로 나누어 운영한다.

먼저 잉글랜드 축구를 보면 1부 리그로 잉글랜드 프리미어리그(EPL, 20팀)가 있고, 그 밑에 풋볼리그 소속으로 2부 리그인 챔피언십리그, 3부 리그인 리그1, 4부 리그인 리그2가 있으며, 그 아래로도 9부 리그까지 있다. 미국 야구의 메이저리그 베이스볼(MLB)에는 내셔널리그와 아메리칸리그가 각 15개 팀씩, 모두 30개 팀이 속해 있고, 그 아래에 마이너리그, 트리플A 더블A 등 하위 리그들이 있다.

축구 리그와 야구 리그의 가장 큰 차이는 승격-강등 제도에 있다. 세계

거의 대부분의 축구 리그는 하위 2, 3개 팀은 바로 아래 리그로 강등되고 하부 리그의 상위 2, 3개 팀은 그 위의 리그로 승격하는 제도를 갖추고 있다. 그래서 이론상 동네축구팀인 9부 리그 팀도 매년 승격하면 9년 만에 전 세계가 주목하는 EPL 팀이 될 수 있다. 그래서 축구 리그 운영 정책의 기본은 경쟁이라고 할 수 있다.

이에 반해 야구에는 강등도 없고 승격도 없다. 미국 메이저리그나 한국과 일본의 리그도 마찬가지다. 재정이 파탄 나서 팀이 해체되지 않는 한 아무리 오래 꼴지를 해도 계속 1부 리그다. 대신에 신생팀도 돈을 내면 느닷없이 1부 리그로 들어올 수 있다. 이를 결정하는 것은 '그들의 조직'인 기존 구단주 모임이다. 그래서 프로야구리그의 운영 방침은 독점이라고도 할 수 있다.

창원을 연고지로 하는 NC 다이노스는 2011년에 KBO 제9구단으로 창단되어 2012년에 2군 리그인 퓨처스 리그에, 2013년부터 KBO 리그에 참가하였으며(부산을 연고지로 하는 롯데 자이언츠는 창단을 반대했다), 제10 구단인 kt 위즈는 2013년 창단되어 이듬해 퓨처스 리그를 거쳐 2015년부터 KBO 리그에 합류했다(두 팀 모두 승격의 개념이 아니며 창단 때 예정된 것이었다). 두 팀은 각각 가입금 30억 원과 예치금 100억을 냈으며, kt는 이에 더하여 야구발전기금 200억을 내기로 했다.

# 4부

# 축구는 아름답다

축구가 해낸 이야기, 해낼 이야기

# 한번 팬은 영원한 팬이다

**축구팀의 세 요소: 선수, 구단 그리고 팬**

잉글랜드 리버풀 FC의 감독이었던 빌 샹클리는 "축구 클럽에는 삼위일체가 있다. 선수와 감독과 팬이 그들이다. 이사진은 여기에 끼지 못한다. 그들은 수표에 사인할 때만 있으면 된다"라고 말했다. 그는 축구 클럽을 구성하는 가장 중요한 요소로 선수와 팬과 함께 감독을 들었다. 경영진이나 구단주(이 둘을 포괄하여 우리가 흔히 쓰는 '구단'이라는 표현이 좋겠다)는 돈이나 내고 경기에 관여하지 말라는 것이다. 감독으로서 빛나는 업적과 수많은 어록을 남기고 구단과는 끝내 불화한 감독다운 촌철살인이다.

그러나 현실은 그렇지 않다. 동호회 축구가 아닌 이상 축구팀에는 경영진이 있다. 모든 프로 스포츠와 마찬가지로 프로축구팀을 구성하는 것은 선수와 구단 그리고 팬이다. 이 중 어느 하나라도 빠진 축구팀은 상상하기 어렵다.

선수는 축구팀의 꽃이다. 선수들의 플레이는 축구팀 모든 구성원의 궁극의 목적이다. 이 선수를 지도하고 경기의 전략을 수립하는 사람이 감독이다. 선수와 감독은 경기장의 플레이를 책임지는 사람들이다.

경영진은 축구팀을 운영하고 구단주는 소유한다. 구단은 선수를 사고팔며 선수에게 급여를 지급하고 감독을 고용했다가 해고하기도 한다. 스페인의 FC 바르셀로나처럼 협동조합으로 운영되는 예외도 있지만, 대부분의 프로축구팀은 주식회사다.

팬은 축구팀을 응원하는 사람이다. 그러나 축구팀의 불변의 토대를 이루는 사람들이다. 영향력이 가장 적은 것처럼 보이지만 가장 중요한 사람들이다. 돈과 관련해서 보면 선수와 감독은 언제나 돈을 버는 사람이다. 평범한 팬의 수

입과는 비교할 수 없는 어마어마한 급여를 받는다. 구단은 성적에 따라 이익을 낼 수도 있고 손해를 볼 수도 있다. 그러나 팬은 언제나 돈을 쓰는 사람이다. 자기 돈과 시간을 쓰면서 팀을 응원하는 사람이다.

### 변하지 않는 것은 팬밖에 없다

선수와 구단 그리고 팬, 축구 클럽을 구성하는 이 세 요소 중에 영원히 변하지 않는 것은 팬밖에 없다. 선수도 바뀌고 감독도 바뀐다. 한때는 팀에 충성을 맹세했다가도 더 좋은 팀, 더 나은 대우를 찾아 떠나는 선수는 헤아릴 수도 없다. 감독이 없는 팀은 없지만, 빌 샹클리의 호언과 달리 감독은 '잘리기 위해 존재하는 직업'이라는 말이 나올 정도로 자주 바뀐다. 구단주도 예외가 아니다. 유럽의 축구팀은 인수 합병의 대상이 된 지 오래이며 구단주가 바뀌는 일은 더 이상 드문 일이 아니다.

그러나 팬은 늘 그 자리에 있다. 팬이 응원하는 팀을 바꾼다는 것은 결코 일어날 수 없는 일이다. 소년 시절 아버지를 따라 축구장을 처음 찾고 그 팀의 팬이 된 이래 질풍노

도의 청소년기를 축구장에서 보내며 성인으로 가는 통과의
례를 겪고, 청년에서 장년 그리고 노인이 될 때까지 오로지
그 한 팀만을 바라보며 울고 웃고 좌절하고 기뻐하며 인생
을 살아가는 것이 팬이다.

근대 축구가 성립한 때부터 지금까지 축구는 늘 팬과 함
께 성장해왔다. 팬은 가장 힘없는 개인이지만 축구팀의 존
립 근거가 되는 가장 중요한 집단이다. 그리고 실질적으로
도 팬은 구단 수입의 원천이다. 팬이 없다면 경기장 입장권
수입이든, 스폰서 수입이든, TV 중계권 수입이든 성립할 수
가 없다.

그래서 축구에 관한 많은 이야기는 팬에게서 비롯된다.
경기장에서나 TV를 통해서나 경기를 지켜보는 팬이 없다
면, 그 축구에 무슨 이야깃거리가 있겠나. 아무도 봐주는 사
람이 없다면 메시도 호날두도 그저 축구 잘하는 청년일 뿐
이다. 아무것도 아닌 것 같은 팬이야말로, 축구라는 경기의
불가결의 요소이며, 축구가 산업이 될 수 있게 한 원동력이
며, 무엇보다도 전설처럼 신화처럼 만들어지고 전해져 오
는 그 수많은 이야기가 발원하는 저수지다.

## 우리들 마음속에서 당신은 죽은 사람이다

"그를 정말 증오한다. 왜냐하면 그를 정말 사랑했기 때문이다."

"한때는 블루였으나 지금은 레드. 우리들 마음속에서 당신은 죽은 사람이다."*

잉글랜드 프리미어리그의 맨유에서 열세 시즌 동안 559 경기에 출전하여 253골을 넣어 맨유 클럽 역사상 최다골 기록을 보유하고 있는 웨인 루니 얘기다. 루니는 원래 파란색 유니폼의 고향 팀 에버턴 FC의 유스 클럽에서 축구를 시작한 에버턴 혈통의 선수다. 2002년 열여섯 살에 에버턴에서 프로에 데뷔한 루니는 파란색 유니폼을 입고 골을 넣은 뒤 '한번 블루는 영원한 블루(Once a Blue, Always a Blue)'라 적힌 속옷을 드러내며 에버턴에 대한 영원한 충성을 다짐하는 골 세리머니를 하였다.

---

\* We hate him so much, because we loved him so much.
 Once a blue, now a red. In our hearts you are dead.

믿었던 선수가 팀을 버릴 때 팬들은 비통할 뿐이다.

그러나 에버턴 유스 출신으로 뼛속까지 파란 피가 흐른 다고 믿었던 루니는 2004년 여름 에버턴을 떠나 맨유로 이 적하고 만다.* 루니는 2005년 2월, 이적 후 처음으로 맨유 의 빨간 유니폼을 입고 원정 팀으로 고향 에버턴의 홈구장 을 찾는다. 앞의 말들은 '빨간 루니'를 맞는 에버턴 홈팬들 이 내보였던 반응이다.

루니는 에버턴에서 두 시즌 동안 67경기 출전에 15골을

---

* 물론 루니는 맨유로 이적한 뒤에도 에버턴의 경기는 빠짐없이 챙겨보는 에버턴 의 팬이며, 에버턴 원정 경기에서는 골을 넣은 뒤에 세리머니를 하지 않음으로써 고향 팀에 대한 존경심을 보여주었다.

기록했다. 16세의 어린 나이를 생각하면 대단한 재능이었다. 이처럼 에버턴의 미래라고 믿고 그토록 사랑했던 루니가 잉글랜드 최고 클럽의 빨간색 유니폼을 입은 모습을 바라보는 에버턴 팬들의 심정은 배신감이라기보다는 차라리 비통함 그 자체였을 것이다. 그들의 애증을 이보다 더 간결하게 표현할 수는 없을 것이다.*

**축구 팬도 이혼은 가능하지만 재혼은 불가능하다**

한 축구 팬의 이야기를 직접 들어보자. 잉글랜드 축구 클럽 아스널의 열혈 팬인 닉 혼비는 책《피버 피치》에서 축구 팬에 관해 이렇게 말한다.**

---

* '너무나 사랑했기에 너무나 증오한다'는 표현의 저작권은 FC 바르셀로나의 팬들에게 있다고도 할 수 있다. 5년간 바르셀로나에서 뛰며 두 차례 리그 우승을 이루어낸 팀의 핵심 루이스 피구가 2002년 숙적 레알 마드리드로 이적했다. 마드리드의 유니폼을 입고 원정 팀으로 바르셀로나를 찾은 피구에 대한 바르셀로나 팬들의 감정 고백이었다. 피구가 코너킥을 차려고 코너플래그로 오자 온갖 잡동사니와 심지어 돼지머리까지 날아들었다.

** 닉 혼비, 《피버 피치》, 문학사상사. 닉 혼비는 한국에서도 개봉된 영화 〈어바웃 어 보이〉의 원작 소설의 작가다. 1957년생인 그는 열한 살 때 아스널의 경기를 처음 보고 팬이 된 뒤 지금까지 줄곧 아스널의 팬이다. 《피버 피치》도 콜린 퍼스 주연으로 영화로 만들어졌다. '피버 피치(Fever Pitch)'는 '불타는 그라운드'로 이

나는 적어도 축구에서 충성심이라는 것은, 용기나 친절 같은 도덕적 선택이 아님을 알게 되었다. 그것은 사마귀나 혹처럼 일단 생겨나면 떼어낼 수 없는 것이었다. 결혼도 그 정도로 융통성 없는 관계는 아니다. 바람을 피우듯이 잠깐 토트넘*을 기웃거리는 아스널 팬은 단한 사람도 없다. 축구 팬에게도 이혼이 가능하기는 하지만(사태가 너무 심해지면 경기장에 가는 것을 그만둘 수는 있다) 재혼은 불가능하다. 지난 23년 동안 아스널로부터 도망칠 궁리를 한 적도 많았지만, 그럴 방법은 전혀 없었다. 창피스럽게 패배할 때마다, 인내와 용기와 자제심을 총동원하여 참아내는 수밖에 없었다. 달리 할수 있는 일은 아무것도 없다.**

**축구 팬과 응원하는 축구팀의 관계에 관한 적나라한 고**

---

해할 수 있겠다.

* 한때 이영표가 뛰었던 토트넘 홋스퍼(Tottenham Hotspur)는 아스널과 함께 북런던에 연고를 두고 있다. 두 팀 모두 상대 팀을 반드시 이겨야 하는 최대의 라이벌로 생각하고 있다. 이 두 팀의 경기는 북런던 더비로 불린다.
** 앞의 책 56~57쪽.

백이다. 그러나 이것은 실은 지구상의 모든 축구 팬에게 해당하는 보편적인 현상이다. 아스널이건 토트넘이건, 1부 리그 팀이건 3부 리그 팀이건, 잉글랜드건 브라질이건 한국이건 지구상의 모든 축구 팬은 자기 팀을 벗어날 수 없다. 팀의 성적이 안 좋다고, 우승을 10년째, 아니 20년째 못 한다고 어떻게 팀을 바꾼단 말인가.*

어떻게 해서 그 팀의 팬이 되었는가는 관계없다. 어릴 적 아버지를 따라 축구장에 가면서 아버지의 팀이 자기 팀이 되었건, 고향의 팀이어서 자연스레 응원하게 되었건, 지구 반대편에서 중계방송을 보다가 보니 자기도 모르게 팬이 되었건, 축구 팬은 보이지도 않고 끊기지도 않는 줄에 묶여 그 팀에서 벗어날 수 없다. 팬은 팀에 대해 영원한 '을'이다.

겉보기와는 반대로, 팬이 된다는 것은 대리만족이 아

---

* 잉글랜드에서 1994-95 시즌 프리미어리그 우승팀인 블랙번 로버스는 현재 3부 리그로 떨어져 있지만 팀이 강등된다고 하여 팀을 버리고 잘나가는 팀으로 갈아 타는 것은 있을 수 없다는 말이다. 이것은 축구에만 있는 현상이 아니라 종목을 불문하고 모든 스포츠에 해당하지 않을까? LG 트윈스의 팬이 팀이 우승을 하지 못한다고 두산 베어스로 옮겨가는 일을 상상할 수 있을까?

니며, 구경을 하느니 직접 축구를 하겠다는 사람들은 핵심을 제대로 파악하지 못한 것이다. 축구를 보는 것은 결코 수동적인 활동이 아니며, 실제로 뛰는 것과 마찬가지다. … 우리가 느끼는 기쁨은 선수들이 느끼는 기쁨에서 뭔가 빠진 것이 아니다. … 우리가 느끼는 기쁨은 남의 행운을 축하해주는 것이 아니라, 우리의 행운을 자축하는 것이다. 재난에 가까운 패배를 겪고 났을 때 우리를 집어삼키는 슬픔은 실은 자기 연민이며, 축구가 소비되는 방식을 알고 싶은 사람이라면 무엇보다도 이 사실을 깨달아야 할 것이다. 선수들은 우리의 대리인이다.*

이것은 축구 팬의 '존재 선언'이라 할 만하다. 팬은 결코 선수와 팀에 부수적인 존재가 아니다. 생각해보라. 축구 선수는 축구를 통해 돈을 버는 사람이지만 축구 팬은 자기 돈을 써가면서 응원을 하는 사람이다. 실리적 관점에서는 아

---

* 앞의 책 264~265쪽.

무것도 남지 않는 일에 누가 시키지도 않았건만 목을 매고 있다. 선수와 구단보다 축구와 클럽에 대한 팬의 충성심은 더 순결하며, 팀의 승리와 패배로부터 받는 팬의 기쁨과 슬픔은 더 깊고 진하다.

닉 혼비는 유명인이기는 하지만 결코 그리 특별한 팬은 아니다. 주말이면 응원하는 팀의 축구를 보기 위해 빠짐없이 경기장을 찾거나 TV 앞에 앉는 수많은 팬과 다를 바가 없다. 그들이나 닉 혼비나 팀의 승리에 기뻐하고 패배에 좌절하며 다시 다음 주의 경기를, 또 그다음 주의 경기를 기다린다는 점에서 말이다. 축구 팬에게 팀은 희로애락의 원천이다.

## |독일 분데스리가의 '50+1 룰' |

분데스리가는 독일의 축구리그다. 팬들이 축구팀 주식의 51퍼센트 이상을 소유하도록 하고 상업적 투자자의 주식 소유는 49퍼센트를 넘지 못하게 제한하고 있다. 이를 '50+1 룰'이라 한다. 이 정책은 팬이 수익 창출의 대상이 되는 고객으로 취급받거나 축구가 스포츠에서 비즈니스로 전락하는 것을 막는다. 팬이 클럽의 주인이다. 외부 자본이 투자 목적으로 축구팀을 인수해서 몇 년 운영하다가 비싸게 팔고 나가는 일은 분데스리가에서는 일어날 수 없다.

분데스리가의 티켓 가격은 유럽의 다른 엘리트 리그에 비해 훨씬 싸다. 2017-18 시즌의 가장 싼 티켓을 보면, 독일의 두 명문 클럽 바이에른 뮌헨과 보루시아 도르트문트가 각각 13.4파운드, 15.3파운드다. 맨유 31파운드, 첼시 47파운드, 바르셀로나 29.6파운드에 비하면 절반 이하

수준이다(출처: www.bbc.com/sport/football/41482931).

그래서 유럽 리그 중에서 평균 관중이 가장 많은 곳이 바로 독일 분데스리가다. TV 중계 화면으로 보더라도 스페인이나 이탈리아만 해도 하위 팀으로 갈수록 듬성듬성한 스탠드를 쉬 볼 수 있지만 분데스리가는 팀을 불문하고 늘 거의 만석이다. 이런 제도를 기반으로 독일 축구팀들은 지역사회와 더욱 밀접한 관계를 맺고 있다.

예외는 있다. 손흥민이 뛰었던 바이엘 레버쿠젠은 아스피린의 제약사 바이엘이, 구자철이 뛰었던 볼프스부르크는 자동차 회사 폴크스바겐이 오랫동안 운영한 팀이어서 예외를 인정받고 있다. 바이에른 뮌헨의 CEO 카를 하인츠 루메니게는 세계의 일류 클럽에 대항하려면 이 정책이 폐지되어야 한다고 했지만, 압도 다수의 팀이 유지에 찬성하고 있다.

모두를 위해 뛰고 모두가 성과를 나눠 갖다

　이제 축구를 평생의 직업으로 삼은 감독의 이야기를 들어보자. 1959년부터 1974년까지 리버풀 FC의 감독이었던 빌 샹클리의 이야기다. 그는 현재의 리버풀이 있도록 초석을 놓은 감독으로서 팬과 클럽으로부터 리버풀의 전설로 추앙받는 인물이다. 당시 2부 리그의 그저 그런 팀이었던 리버풀을 맡아 1974년 은퇴할 때까지 세 번의 1부 리그 우승, 두 번의 FA컵 우승, 한 번의 UEFA컵 우승을 이루어냈다. 리버풀을 불굴의 정신으로 충만한 최고의 명문 클럽으로 만들어낸 것이다. 그는 이렇게 말했다.

> 사람들은 축구가 삶과 죽음의 문제라고 믿지만 나는
> 이런 태도가 정말 실망스럽다. 단언컨대 축구는 그보
> 다 훨씬, 훨씬 더 중요하다.[*]

축구의 이상을 실현하는 데 평생을 바친 사람의 진지한 고백이기도 하다. 그는 실제로 그렇게 생각한 것 같다. 그 뿐 아니라 그의 확고한 신념에 감화를 받은 그의 선수들조차도 그렇게 생각하게 되었다고 한다. 그에게, 그들에게 축구는 삶이다. 축구가 없으면 삶도 없다. 그들이 감독과 선수생활에서 은퇴하더라도 축구는 계속된다. 수많은 사람이 삶을 바쳤기에 축구는 한 개인의 삶을 넘어 존재하고, 그보다 더 중요한지도 모른다.

다음 이야기에서 '축구가 삶과 죽음보다 더 중요하다'고 한 그의 축구 철학의 실마리를 찾을 수 있다. 그는 1960년 대와 1970년대에 노동당 당수로서 두 차례 영국 수상을 지

---

[*] Some people believe football is a matter of life and death. I'm very disappointed with this attitude. I can assure you that it's much, much more important than that.

낸 해럴드 윌슨*과의 대담에서 축구에 관한 철학을 이렇게
밝혔다.

> 내가 믿는 사회주의는 모든 사람이 모두를 위해 일하
> 고, 모든 사람이 그 성과를 나눠 갖는 것이다. 그것이
> 내가 축구를 이해하는 방식이고 삶을 이해하는 방식이
> 다.**

빌 샹클리는 강건한 사회주의자였다. 전후 영국에서 가
장 많은 지지자를 둔 사회주의자로 일컬어지기도 했다. 영
국의 대표적인 좌파 도시 리버풀에서 노동계급을 팬의 기
반으로 하는 리버풀 FC의 감독이었으니 그런 평가가 전혀
과장도 아니다. 아마도 그가 생각하는 사회주의는 정치노

---

*   해럴드 윌슨은 2017-18 시즌에 잉글랜드의 1부 리그, 즉 프리미어리그로 승격한
    '허더즈필드 타운'의 열렬한 팬이었고 끊임없이 축구와 정치를 빗대어 논한 인물
    이며, 1966년 영국 월드컵에서 잉글랜드가 우승한 것은 노동당 집권기였기에 가
    능했다고도 했다.
**  The socialism I believe in is everyone working for each other, everyone
    having a share of the rewards. It's the way I see football, the way I see life.

선이라기보다는 삶의 양식에 가깝다.

그렇다면 축구는 확실히 사회주의적이다. 축구 경기는 그 어느 스포츠보다도 집단적인 노력의 산물이다. 팀과 팬과 동료를 위해 내가 한 걸음 더 뛰며 헌신해야 이길 수 있다. 지금도 축구 선수들은 경기 전의 인터뷰에서 불굴의 투지를 다지면서 "우리는 '모두를 위해' 끝까지 뛰어야 한다"는 말을 흔히 한다. 샹클리 감독은 '모두를 위해 헌신하며 모두가 성과를 나눠 갖는' 삶의 방식으로서의 축구에 일생을 바친 사람이다.

여기서 성과란 무엇일까? 돈일까? 아니다. 모든 선수가 열심히 뛰어 만들어낸 훌륭한 경기, 그 결과로 성취한 승리와 그 기쁨을 말하는 것이 아닐까? 나아가 그 성과란 승리만을 말하는 것일까? 빌 샹클리의 리버풀은 1971년 잉글랜드 FA컵 결승전에서 아스널에 1 대 2로 역전패했다.* 그러나 우승을 놓친 패배에도 불구하고 리버풀시의 중심에 있는 세인트 조지 홀 앞에는 10만 팬들이 리버풀로 돌아온 그

---

* FA컵 결승전은 예나 지금이나 축구의 성지라고 불리는 런던의 웸블리 구장에서 열리는데, 이 경기는 오랫동안 '웸블리 최고의 경기'로 불린 명승부였다.

"당신들을 위해 뛴다는 것은 우리의 특권이다." 안필드의 빌 샹클리 동상.

들을 환영하였다. 샹클리는 팬들 앞에서 말한다.

> 나는 리버풀로, 안필드*로 온 뒤 우리 선수들에게 '당
> 신들을 위해 뛰는 것은 특권'이라는 것을 끊임없이 이
> 야기했다. 처음엔 선수들이 내 말을 믿지 않았지만 지
> 금은 그렇게 믿고 있다.

---

\* 안필드(Anfield)는 리버풀 FC의 홈구장 이름이다.

팬들은 그의 이름을 환호한다. 팬으로서 결승전에서 우승을 놓친다는 것보다 큰 좌절과 상처는 없다. 그러나 샹클리의 연설은 패배자의 언어가 아니며 팬들의 환호는 패배자의 좌절과는 거리가 멀다. 그들은 우승을 놓친 패배에도 불구하고 서로에 대한 신뢰와 존중으로 서로 공감하고 있다. 이것도 빌 샹클리가 말하는 '모두가 모두를 위해 일하고 모두가 나누어 갖는 성과'가 아닐까.

모두를 위해 헌신적으로 뛰고 그 성과를 함께 나누는 경험, 축구 바깥의 영역에서는 해보기 힘든 세상에서 우리는 살고 있다. 이 축구의 경험이 축구 밖의 우리 삶으로 확장되는 것은 불가능한가.

영원하라, 바르사! 영원하라, 카탈루냐!




스페인에는 숙명의 역사적 라이벌 FC 바르셀로나와 레알 마드리드 CF가 있다. 두 팀은 1929년 스페인 1부 리그인 '라 리가'가 창설된 이래 2017-18 시즌까지 레알 마드리드는 33회, 바르셀로나는 25회 우승을 차지한 라 리가의 절대 강자들이다. 두 팀의 경기는 스페인어로 '엘 클라시코'로 널리 알려져 있다. 전 세계의 축구팬이 두 팀으로 나뉘어 지켜보는 경기이니, '축구의 고전'이라 해도 지나치지 않다.

스페인은 피레네산맥 너머 유럽의 본령과 떨어진 성(城)과 같은 지역이고, 스페인의 각 지방도 제각기 높은 산지로 둘러싸인 '성'과 다를 바 없으며 각자 독자적인 문화와 생활 양식을 바탕으로 강한 지역성을 유지하고 있다.* 마드리드는 이베리아반도의 내륙 카스티야 지방의 중심이며** 스페인의 중앙집권주의를 상징한다. 바르셀로나가 있는 카탈루냐는 피레네산맥 남쪽의 지중해 연안 북부 지역으로 스페인어가 아니라 독자적인 카탈루냐 말이 있으며 지방주의를 대변한다.

두 지역의 대립과 갈등은 연원이 오래다. 카탈루냐가 스페인의 지배하에 완전히 들어간 것은 18세기 초 스페인 왕위계승전쟁으로 거슬러 올라간다. 1700년 합스부르크 왕가였던 스페인의 카를로스 2세가 죽자 태양왕이라 불린 프랑스 부르봉 왕조의 루이 14세의 손자 필리프가 왕위를 이어 스페인의 필리페 5세로 즉위한다. 부르봉 왕조가 합스

---

\* 훗타 요시에, 《고야 1》, 한길사.

\*\* 카스티야는 스페인 중부의 역사적인 지역명으로 중세 카스티야 왕국에 속하는 지역의 중심부를 가리킨다. 현재의 지방행정구역으로서 '카스티야'는 존재하지 않지만, 카스티야 레온, 카스티야 라만차 두 곳의 자치 지방에 '카스티야'가 사용되고 있다(https://ko.wikipedia.org/wiki/카스티야). 레알 마드리드의 2군 팀 이름이 '레알 마드리드 카스티야'다.

부르크 왕가에 속했던 스페인까지 지배하게 된 것이다.

이에 부르봉 왕조의 패권을 경계하려는 신성로마제국과 영국, 네덜란드 등이 동맹군을 이루어 프랑스와 스페인에 전쟁을 벌이게 된다. 이때 카탈루냐는 동맹군에 가담하였으나 1714년 9월 11일 바르셀로나가 함락되고 패전으로 끝을 맺는다. 이때부터 카탈루냐는 스페인의 전면 지배를 받게 되었다. 현재의 카탈루냐 자치정부는 바르셀로나가 함락된 9월 11일을 카탈루냐의 국경일로 삼고 있다.

이 무렵에 열리는 바르셀로나 홈경기에서는 1714년을 기념하여 전반 17분 14초가 되면 1분간 기립 박수를 치는 등의 방법으로 카탈루냐의 정체성을 천명한다.

두 지역과 두 팀의 대립은 스페인 내전과 프랑코 독재를 거치면서 더욱 깊어졌다. 1936년부터 1939년까지 벌어진 스페인 내전* 당시 카탈루냐 지역은 대체로 공화파에 가담

---

\* 1936년 2월 총선에서 좌파 연합이 승리하여 인민전선정부가 들어서자 그해 7월에 프랑코를 중심으로 하는 우익 군부가 쿠데타를 일으켜 공화파와 파시스트 간의 내전이 벌어졌다. 스페인 가톨릭교회와 왕당파, 히틀러의 독일과 무솔리니의 이탈리아는 파시스트를 지원했고, 공화파는 유럽 각국과 미국에서 지원한 의용군인 국제여단과 소련의 지원을 받았다.

왼쪽은 1936년, 오른쪽은 1941년의 엠블럼.

했다. 공화파를 지지한 당시 FC 바르셀로나 회장 주제프 수 뇰은 프랑코 측에 의해 살해되었다. 내전에서 승리한 프랑 코는 1975년 죽을 때까지 집권 36년 동안 철권통치로 일관 했다. 프랑코 정권의 탄압과 테러에 희생된 사람은 내전 기 간의 희생자를 빼고도 적게는 10만 명에서 많게는 30만 명 에 달하여 '스페인 홀로코스트'라고 불리기도 한다.

카탈루냐는 가혹하게 탄압받았고 카탈루냐의 말과 깃발 도 금지되었다. 카탈루냐어로 된 책도 출간될 수 없었다. 이 때 팀 이름도 스페인식으로 강제 개명 당하였다. 원래의 이 름은 카탈루냐어로 'FC 바르셀로나(Fútbol Club Barcelona)' 였으나 1939년부터 프랑코가 죽기 전해인 1974년까지는 스페인어 표기인 'CF 바르셀로나'(Club de Fútbol Barcelona)로 써야 했다.*

레알 마드리드의 연고지 마드리드는 스페인의 수도로 스페인 중심주의와 중앙집권주의, 카스티야 문화를 대표하는 도시이다. 레알 마드리드는 또한 이를 상징하는 축구 클럽이다. 레알 마드리드의 원래의 이름은 '마드리드 CF'였으나 1920년 스페인 왕 알폰소 13세로부터 왕실이 지원한다는 의미의 '레알(Real, Royal)'을 부여받았고 이때 엠블럼에도 왕관이 들어갔다. 레알 마드리드는 스페인 기득권층의 지지를 받는 클럽이었음은 부인할 수 없다.

레알 마드리드는 1950년대와 60년대에 유럽 대회에서 눈부신 성적을 거두었고 프랑코는 이런 레알 마드리드를 적극 이용하고 지지하였다. 낙후되고 공포정치를 일삼는 독재정권의 이미지를 세탁하는 수단으로 레알 마드리드를 이용한 것이다. 그것은 다른 한편으로 카탈루냐나 바스크에 대한 반대와 억압의 메시지였다.

---

* 오른쪽의 노란 바탕에 네 개의 빨간 줄은 카탈루냐의 깃발 문양인데 이 또한 사용할 수 없게 되어 두 줄만 남았다가 1949년에 회복되었다.

레알 마드리드와 바르셀로나 두 팀의 정치적 관계와 관련한 유명한 일화가 있다. 1943년 총통컵* 준결승에서 두 팀이 맞붙었는데, 바르셀로나에서 열린 1차전은 3 대 0으로 바르셀로나가 이겼다. 그러나 마드리드의 2차전은 레알 마드리드가 전반전에만 무려 8 대 0으로 앞섰으며 결국 11 대 1로 대승을 거두고 결승에 진출했다. 이것은 두 팀 간에 나올 수 있는 스코어가 아닐 뿐 아니라 축구 경기의 스코어도 아니었다.

당시 스페인의 정보기관 책임자가 경기 시작 전에 바르셀로나의 드레싱룸에 들러 "너희들이 축구를 할 수 있는 것은 정부의 은혜 덕분이다"라며 협박하였다는 이야기가 널리 알려져 있지만, 확인된 사실은 아니다. 그러나 개별적으로 협박을 받은 선수들이 있고 억압적인 분위기가 횡행했음은 사실인 듯하다. 실은 협박이나 억압적인 분위기 외에 11 대 1의 스코어를 설명해 줄 수 있는 이론은 없다고 해도 무방하다.

---

* 현재의 국왕컵(다른 나라의 FA컵에 해당한다). 프랑코 집권 기간 동안에는 총통컵으로 불렸다.

'마드리드의 특별한 파티.' 이 경기에 관한 당시 신문의 제목이다.

이리하여 바르셀로나와 레알 마드리드 두 팀의 경기, 엘 클라시코는 스페인 축구 최강자 간의 경기일 뿐 아니라 스페인과 카탈루냐의 정치적·문화적 대결을 의미하게 되었다. 카탈루냐 사람들이 프랑코의 공포정치하에서 안전하게 카탈루냐 말을 하고 두려움 없이 스페인에 맞설 수 있는 곳은 축구장, FC 바르셀로나의 홈구장 캄 노우밖에 없었다고 해도 과언이 아니다. 레알 마드리드와의 경기가 열리면 카탈루냐인들은 "Visca Barça, Visca Catalonia!(영원하라, 바르사, 영원하라, 카탈루냐!)"를 외치며 프랑코의 40년 철권 파

"클럽 그 이상." 2006년 캄 노우 경기장 투어 때 직접 찍은 사진이다.

시스트 통치를 견뎌냈다.

카탈루냐인들에게 바르사, 즉 'FC 바르셀로나'는 단순한 축구팀을 넘어, "카탈루냐는 스페인이 아니다"라는 카탈루냐 정체성의 구심적 역할을 하였고 카탈루냐 문화와 정신의 살아 있는 결정체라고도 할 수 있다. 그래서 FC 바르셀로나의 슬로건은 "클럽 그 이상(Més que un Club, More than a Club)"이다.

## 선수들, 금지된 깃발을 들다

　프랑스에서 피레네산맥을 넘어 남쪽 지중해 연안에 있는 지방이 카탈루냐라면 북쪽 대서양에 연해 있는 곳이 바스크 지방이다. 카탈루냐와 마찬가지로 프랑코 집권 기간 동안 바스크 지방은 스페인 정부의 엄혹한 탄압을 받았다. 자치권이 박탈당하고 바스크의 말과 깃발이 금지된 것은 물론이다. 내전 중인 1937년 프랑코를 지원하는 나치 독일 공군기의 폭격으로 1,600명 이상이 죽은, 피카소의 그림이 된 작은 도시 게르니카도 바스크에 있다.

　바스크 지방에서 가장 유명한 축구팀은 빌바오에 있는

아틀레틱 클럽(흔히 아틀레틱 빌바오라고 불린다)*과 산세바스티안에 있는 레알 소시에다드라고 할 수 있다. 이 두 팀의 경기를 '바스크 더비'라고 한다. 이 이야기는 1976년 12월 5일 레알 소시에다드의 홈구장에서 열린 바스크 더비에서 있었던 일이다.** 바스크의 깃발 이쿠리냐(Ikurriña)는 1975년 프랑코가 죽고도 1년이 넘도록 여전히 불법 상태였다. 바스크 깃발을 판매하는 것도, 소지하는 것도 불법이었다.

레알 소시에다드에는 열렬한 바스크 민족주의자 우랑가라는 선수가 있었다. 우랑가는 이 바스크 더비 시작 전에 두 팀 선수가 함께 이쿠리냐를 들고 입장할 계획을 세웠다. 그는 이 계획을 주장 코르타바리아와 의논하였다. 그런데 어디서도 깃발을 살 수가 없었다. 마침 우랑가의 여동생이 바

---

* 아틀레틱 빌바오는 바스크 출신으로만 선수를 구성한다는 원칙을 오랫동안 견지해왔다. 최근 이를 다소 완화하여 빌바오 유스팀 출신, 바스크 지방의 다른 클럽의 유스팀 출신, 그리고 바스크 지방에서 태어난 선수로 팀을 구성하고 있다. 팀 성적을 위해 클럽의 역사와 정체성을 희생시키지 않겠다는 것으로 이 같은 철학과 전통을 가지고 있는 클럽이 또 있을까 싶다.
** 이 바스크 더비에서 있었던 바스크 깃발과 관련한 이야기는 모두 다음 사이트의 기사를 최대한 원문에 충실하게 발췌하거나 요약하였다.
https://thesefootballtimes.co/2016/02/19/how-a-basque-derby-brought-about-the-legalisation-of-the-basque-flag/.

느질에 소질이 있어서 여동생에게 직접 만들어달라고 부탁했다. 그는 그 깃발을 어디에 쓸지에 대해서는 일언반구도 하지 않았고, 여동생도 오빠 부탁대로 만들었을 뿐 용도는 짐작조차 하지 못했다. 여동생은 경기 당일 라디오 중계방송으로 비로소 깃발의 용도를 알게 되었다.

경기 당일 우랑가는 이쿠리냐를 유니폼이 든 가방에 숨겼고 경찰이 그의 차를 검색했지만 깃발은 발각되지 않았다. 당시에는 바스크 깃발을 소지하기만 해도 징역형에 처해질 수 있었다. 바스크 분리주의 무장 조직인 ETA(Euskadi Ta Azkatasuna, '바스크의 조국과 자유')는 이쿠리냐를 사용하는 몇 안 되는 조직 중의 하나였기 때문에 이쿠리냐는 스페인 당국이 사실상 ETA의 상징으로 인식하고 있었다. 이 깃발을 소지한다는 것은 바로 ETA와 연관된다는 혐의를 받았다.* 일제 강점기 때 일본 경찰의 눈을 속이고 태극기를

---

* '분리주의'는 스페인 중앙정부의 관점이고, 이들 입장에서는 '독립주의'가 될 것이다. 아무튼 ETA는 폭탄 테러, 납치, 암살 등 무장투쟁을 행하다가 2011년 영구 휴전을 선언했으며, 2018년 5월 2일 "희생자와 유족에게 진심으로 사과한다"는 성명을 내고 '완전한 해산'을 선언했다.

38년 만에 축구 선수들에 의해 공개 장소에 등장한 바스크 깃발 이쿠리냐.

가슴에 품은 채 거사 장소로 가는 의열단원과 비슷한 상황으로 보면 된다.

레알 소시에다드의 주장 코르타바리아는 아틀레틱 빌바오의 주장이자 골키퍼인 이리바를 만나 이 계획을 얘기했다. 이리바는 "우리 선수들이 만장일치로 찬성한다면 동참하겠다. 그러나 단 한 명이라도 반대한다면 그럴 수 없다"라고 했다. 코르타바리아는 자기 팀 선수는 모두 찬성했다고 했다. 이리바는 2011년에 진행한 인터뷰에서 "드레싱룸에 있는 선수 단 한 명이라도 반대했다면 우리는 그렇게 하지 않았을 것이다"라고 말했다.

선수들은 그 행동이 당국의 어떤 반응을 불러올지 두렵기도 했다. 당시 모든 선수가 반스페인 입장을 가진 것도 아니었다. 그런데도 깃발을 들고 나가자는 데에는 모든 선수가 동의하였다. 양 팀 주장이 맨 앞에서 이쿠리냐를 들고 앞장서고 선수들이 그 뒤를 따라 경기장으로 들어와 센터서클에 모였다.* 운동장에서 무슨 일이 벌어지고 있는지 알아챈 관중석은 술렁거렸다. 수십 년 동안 금지되었던 조국의 깃발을 선수들이 공개적으로 들고 입장하는 모습을 바라보는 관중들은 한편으로 불안했을 것이고 한편으로는 감격으로 벅찼을 것이다.

다행히 당국의 개입은 없었고 사후에 선수들에 대한 조치도 없었다. 그것은 이들이 시민의 사랑을 받는 축구 선

---

* 이 일을 기획한 우랑가는 이날 선수 명단에 들지 못하여 이 행동에 동참하진 못했다. 우랑가는 나중에 ETA와 관련하여 8년의 징역형을 선고받았다.

수들이고, 두 팀이 바스크에서 지닌 무게와 영향력과도 무관하지 않았을 것이다. 다만 당국은 문제의 깃발만 압수했다.* 이듬해 1월 17일 바스크 지방의 몇몇 시장은 스페인 정부에 이쿠리냐의 합법화를 요구하였고 결국 1월 25일부터 게양이 허용되었다. 나아가 2년 뒤에는 이쿠리냐가 바스크 지방정부인 바스크 컨트리의 공식 깃발로 인정되었다. 축구 선수들의 작은 행동이 앞당겨 이루어낸 결실이었다.

---

* 이 깃발은 지금 레알 소시에다드 경기장의 박물관에 전시되어 있다.

# 세상에서 가장 아름다운 게임이 되다

남아프리카공화국에서 악명 높은 아파르트헤이트(백인 정권의 인종차별정책)가 자행되던 시절, 백인 정권은 남아공의 남단 케이프타운에서 10킬로미터 떨어진 로벤 섬에 정치범들을 수용하였다.* 거친 파도가 몰아치고 상어가 득실거리는 바다에 가로막혀 탈출이 불가능한 곳이었다. 이곳에 수용된 정치범들은 외부 세계와 고립된 환경에서 형편

---

* 넬슨 만델라는 국가반역죄로 1964년부터 1982년까지 이곳 독방에 수감되어 있다가 1982년 케이프타운 교외의 폴스무어 형무소로 이감되었다. 1988년에 다시 이감돼 1990년 석방되었다.

없는 의식주와 가혹한 강제노역에 시달리며 야만적인 폭력에 무방비 상태로 노출되어 있었다.

이런 극한 상황에 처하게 되면 무엇보다 생존 본능이 앞서게 된다. 저절로 내가 먼저 살고자 하기 십상이다. 거친 빵 한 조각, 누더기 옷 한 벌, 짝도 맞지 않는 신발 한 짝에 인간의 존엄성은 무너지기 쉽다. 그렇게 되면 그곳이 바로 살아 있는 지옥이다.

그러나 그들은 그렇게 하지 않았다. 그들은 간수들의 눈을 피해 정치 교육을 실시하고 글을 모르는 사람에게는 글을 가르쳤다. 한편으로 그들은 간수들 몰래 감방 안에서 옷을 말아 만든 공으로 간이 축구를 하면서 삶에 필요한 즐거움을 얻고 성취감과 해방감을 느꼈다.* 간수들에게 들킬 경우 대가를 치러야 함은 물론이다. 교도소 내에서는 어떤 집단 활동도 금지되어 있었다. 그런 상황에서 감방축구 같은 것은 위험한 사치생활이 되어 엄두를 내지 않는 것이 보통이다.

---

* 척 코어·마빈 클로스, 《세상에서 가장 아름다운 게임》, 생각의나무. 로벤 섬에서 있었던 일에 관한 이야기는 모두 이 책에서 가져온 것이다.

로벤 섬 사람들은 축구를 세상에서 가장 아름다운 운동 경기로 만들었다.

그러나 그들은 반대 방향으로 나아갔다. 감방 바깥 교도
소 운동장에서 축구하기 위해 힘을 모았다. 교도소 내에서
축구를 할 권리를 찾아 투쟁한 것이다. 남아공에서 축구는
흑인을 비롯한 유색 인종에게 가장 인기 있는 스포츠였다.*
결국 3년의 끈질긴 노력 끝에 그들은 교도소 당국으로부터

---

* 이와 달리 럭비는 백인의 스포츠였다. 만델라는 집권 후 1995년 남아공에서 열
  린 럭비 월드컵을 흑백 통합의 계기로 삼고자 했다. 그 이야기를 영화로 만든 것
  이 클린트 이스트우드 감독의 〈인빅터스(invictus, 굴하지 않는)〉이다.

매주 토요일 30분간 축구할 권리를 쟁취하였다.

나아가 그들은 아무렇게나 되는대로 축구를 한 것이 아니었다. 9개의 축구 클럽을 조직하여 3부 리그까지 운영하는 한편 클럽 간의 경기를 운영하고 심판 업무 등을 관장할 축구협회도 구성했다. 그 축구협회가 1819년 영국 식민주의 군대에 맞서 투쟁하다가 그곳에 갇혔던 지도자의 이름을 딴 마카나축구협회(Makana Football Association, MFA)다.*

그들의 축구는 MFA를 중심으로 점점 더 조직화되고 확대되어나갔다. 그들은 피파 경기 규칙을 적용했으며 심판 조합을 설립하여 심판과 선수를 엄격히 구분했다. 내가 속한 축구팀에서도 못 하는 일을 수감자들이 해냈으니 그들이 축구라는 스포츠를 얼마나 진지하게 생각하였는지는 감탄스러울 뿐이다.

그들은 리그 운영과 관련된 모든 업무 처리를 문서로 하였다. 교도소 직원들로부터 번호나 모욕적인 별명으로만 불리던 그들은 스스로 존엄성을 지키기 위해 반드시 이름

---

* 앞의 책 118쪽. 2007년 피파는 MFA에 명예회원 자격을 부여하였다.

앞에 경청을 붙이고 서신의 마지막은 '스포츠 동지로부터'라는 말로 마무리하여 아무리 의견이 다르더라도 단결된 연대감을 표현하였다.[*]

또한 '이의 신청 및 위법 고발위원회'를 두어 선수와 클럽 간, 클럽과 클럽 간의 분쟁에 대한 최종 판단을 맡겼다. 이것은 '아무런 권한을 주지 않던 사법체계에 의해 수감된 사람들은 무슨 일이든지 항의할 수 있는 모든 권한이 주어져야 한다고 확신'하였기 때문이었다. "수감자들은 스포츠의 원리가 제대로 작동하는 공정하고 공평한 체계를 만들었으며 그것은 정의와 민주주의라는 두 가지 이상에 기초를 두고 있었다. 그것은 아파르트헤이트를 완전히 뒤집은 체계였다."[**]

결국 비인간적인 대우와 야만적인 폭력 앞에서도 인간으로서 존엄성을 지키고 삶의 희망을 잃지 않으며 인종차별정책에 맞서 다시 싸울 투쟁의 용기를 얻는 데 축구가 중

---

[*]    앞의 책 125쪽.
[**]   앞의 책 121쪽. 이 책의 영문 제목 'More Than Just a Game'은 이들에게 축구가 어떤 의미를 갖는 것이었는지를 압축적으로 보여준다.

심에 있었던 것이다. 축구가 인간의 존엄을 지키는 데 무엇을 할 수 있는가. 이 생뚱맞은 질문에 로벤 섬 사람들은 눈물과 감동의 사례를 제시한다. 축구는 단순히 운동 경기를 넘어 세상에서 가장 아름다운 경기가 될 수 있었다.

# 당신은 혼자 걷지 않으리

2012년 9월 23일 맨체스터 유나이티드와의 경기를 앞둔 리버풀 FC의 홈구장 안필드는 '96', 'JUSTICE'와 'THE TRUTH'라는 글씨로 스탠드를 가득 메움으로써 23년 전 힐스버러 참사의 희생자들을 기렸다. 힐스버러 참사는 1989년 4월 15일 셰필드의 힐스버러 구장에서 벌어진 리버풀과 노팅엄 포레스트 간의 FA컵 4강전 때 리버풀 팬 96명이 사망한 축구 역사상 가장 비극적인 사고다. 당시 입석이던 관중석에 경기 시작 후 뒤늦게 도착한 리버풀 팬들이 한꺼번에 몰려들면서 서 있던 관중이 밀려 넘어져 희생자 다

23년 만의 진실과 정의.

수가 질식사로 사망한 사건이었다.

사고 후 경찰의 발표와 언론의 보도는 리버풀 팬들의 무
질서한 행동이 사고의 원인이라는 것이었다. 그동안 테일러
위원회를 비롯하여 몇 차례 조사가 이루어졌지만* 진실이
온전히 밝혀지지 않자, 리버풀 구단과 팬들은 유족과 연대
하여 '힐스버러 가족 지지 모임(Hillsborough Family Support
Group)'을 결성하여 줄기차게 진실 규명을 요구해왔다.

───────

* 이 테일러 위원회의 권고로 1부 리그와 2부 리그의 모든 경기장에서 입석이 없어
지고 좌석으로 바뀌었다.

그 결과 영국 하원의 결의에 따라 2010년 1월 제임스 존스 리버풀 대주교를 위원장으로 하는 '힐스버러 독립 패널 (The Hillsborough Independent Panel)'이 구성되었다. 이 패널은 2년 반 동안의 활동을 마무리하면서 2012년 9월 12일 '힐스버러 독립 패널 보고서'를 발표하였다.* 패널은 보고서에서 리버풀 팬들의 행동이 사고의 원인이 되었다는 주장은 전혀 근거가 없음을 분명히 하였다. 오히려 팬들의 안전보다는 리버풀 팬들의 통제에 더 신경을 쓴 경찰과 시 당국의 부적절하고 미숙한 대응으로 사고가 일어난 것으로 결론지었다.

그뿐 아니라 그동안 리버풀 팬들에게 제기된 주장들, 즉 리버풀 팬들이 경기장으로 난입하면서 사고를 촉발하였다거나, 리버풀 팬들이 일부러 경기장에 늦게 도착하자고 모의하였다거나, 상당수가 티켓도 없었으며 술에 취해 공격적으로 경기장으로 밀고 들어왔다는 등의 주장들이 모두 근거가 없음을 밝혀냈다.

---

\* http://hillsborough.independent.gov.uk/repository/report/HIP_report.pdf.

날조된 진실.

　그중에서도 가장 악명 높았던 것이 타블로이드 신문《더
선(The SUN)》의 보도였다.《더 선》은 사고 나흘 뒤 1면 머
리기사에 'THE TRUTH'라는 제목 아래 "리버풀 팬들이 죽
어가는 환자에게 응급처치를 하고 있는 경찰을 공격하고,
오줌을 갈기고, 죽은 사람들의 물건을 훔쳤으며, 의식을 잃
은 젊은 여성을 성적으로 희롱하였다"고 보도하였다.

　힐스버러 독립 패널의 보고서는《더 선》의 보도 출처까

지도 밝혀내며 모두 근거 없는 주장임을 분명히 하였다. 《더 선》의 보도는 마치 5·18 민주화운동을 불순분자의 폭동이라고 한 당시 주류 언론의 보도와 흡사한 것이었다. 그 뒤 리버풀 팬들은 《더 선》을 읽지 않고 불매운동을 벌였다. 캐머런 영국 수상은 보고서 발표 직후에 정부를 대표하여 희생자 가족과 리버풀 팬들에게 사과하였다.

2012년 힐스버러 독립 패널의 보고서 발표로 23년간 리버풀을 억누르고 있던 거짓을 걷어내고 진실을 되찾아 희생자들을 위한 정의를 실현할 수 있게 되었다.* 희생자와 유족들의 신원이 이루어진 것이다. 이날 경기 시작 전 리버풀 팬들은 리버풀의 응원가 〈당신은 결코 혼자 걷지 않으리라(You'll Never Walk Alone)〉를 한목소리로 노래하며 희생자와 그 가족에 대한 오랜 연대의 마음을 표현하였다. 그동안 리버풀뿐 아니라 축구계 모두가 함께 손을 내밀었음은 물론이다. 축구와 축구팀과 그 팬들이 은폐된 진실을 밝혀

---

* 이 보고서를 계기로 다시 열린 재판에서 리버풀 인근의 워링턴 법원은 2016년 4월 26일 2년간의 심리 끝에 힐스버러 참사는 경기장의 안전을 책임지고 있던 경찰의 완전한 직무태만에 의한 과실치사였다고 종전의 평결을 뒤집은 평결을 냈다.

내는 버팀목이 되고 도움을 필요로 하는 사람들이 의지할 수 있는 든든한 연대의 동아줄이 된 것이다.

이렇게 생각해본다. 인천 유나이티드 FC 축구 팬 수백 명이 제주 원정 경기의 응원에 나서 경기 전날 저녁 연안부두에서 대형 여객선을 탔다. 그러나 이 여객선은 다음 날 아침 전복되어 수백 명의 축구 팬이 바다에서 목숨을 잃었다. 당국은 원정 팬이던 승객들의 무질서한 행동이 사고의 원인이었다고 밝혔으며 일부 언론은 여기에 동조하였다.

그러나 수많은 의문점이 해소되지 않은 상태에서 도저히 이를 받아들일 수 없었던 유족들은 재조사와 진실 규명에 나섰으며, 인천 유나이티드와 팬들은 이 사고를 잊지 않고 매년 희생자를 기리며 유족들과 손잡고 20년이 넘도록 끈질기게 진실을 요구하였다. 제주 유나이티드, 대구 유나이티드, 전북 현대, FC 서울, 수원 삼성 등 전국의 모든 축구 팬이 희생자 가족과 인천 유나이티드 팬들을 지지하며 힘을 더했다.

이 노력들이 결실을 맺어 마침내 20년이 더 지난 뒤에 재조사가 이루어지고 승객들은 사고의 원인과는 완전히 무관한 희생자일 뿐이라는 것이 밝혀진다. 그 뒤 처음으로 열린 인천 유나이티드의 홈경기에서 팬들은 '진실'과 '정의'를 스탠드에 수놓는다. 바로 리버풀의 이야기고, 축구가 해낸 이야기다.

# 사랑하는 팀이 이기는 것을
# 한 번만 더 보고 싶다*

 

 

생의 마지막 순간까지도 용감했던 한 축구 팬의 이야기
다. 마흔한 살의 벨기에 사람 로렌조 스훈바르트는 2015년
3월 2일 안락사로 숨을 거두었다. 그는 불치병으로 20년 동
안 서른일곱 번 수술을 받았으며 드디어는 약물 주입에 의
한 안락사를 결정하였다.

\* 이 내용은 다음 기사를 참고하였다.
http://www.independent.co.uk/sport/football/european/terminallyill-club-brugge-fan-lorenzo-schoonbaert-delays-euthanasia-appointment-to-see-his-beloved-football-club-win-one-last-time-10087415.html

그러나 그는 원래 정한 안락사 날짜를 연기하였다. 그가 응원하는 축구팀 클럽 브뤼주의 경기를 마지막으로 한 번만 더 보고 싶다는 것이었다. 그는 "죽기 전에 우리 팀이 이기는 것을 한 번만 더 보기를 간절히 소망"했다. 그는 브뤼주의 초청을 받아 일곱 살 난 딸과 함께 경기장에 걸어 나와 시축을 하고 그 경기를 지켜봤다. 2만의 브뤼주 팬들은 "You'll Never Walk Alone, Lorre"를 내걸고 뜨거운 기립 박수로 그를 맞았다. 이날 경기에서 브뤼주는 지역 라이벌 팀을 3 대 0으로 이기고 리그 선두 자리를 지켰다.

경기가 끝난 뒤 로렌조는 완벽한 이별연이었다면서 "믿을 수 없이 행복하다. 내 딸아이에게는 보석과도 같은 추억이 될 것이며 이 아이는 사는 내내 즐겁게 이 기억을 떠올릴 것이다. 나의 마지막 꿈이 이루어졌다. 나는 이제 편안히 죽을 수 있다. 하늘에서 이 승리를 축하할 것"이다. 이 말을 남기고 안락사 절차에 따라 숨을 거두었다. 그의 가족은 죽음을 확인하면서 "그를 영원히 존중하고 사랑하며 그리워할 것이다. 그는 마지막 순간까지도 용감하였으며 평정을 잃지 않고 마음을 함께한 사람들과 마지막 순간을 누렸다"고

하였다.

삶과 죽음의 경계선에 있던 그에게 축구란 무엇이었을까. "죽음이 고립되고 은폐된, 마냥 피해야 할 두려운 비극적 사건이 되어버린 현대 사회에서, 인간이라면 누구나 경험하는 생애 사건으로서의 죽음을 어떻게 삶의 과정에 위치 지울 수 있을까. 한 인간이 좋아했던 것들과 사랑했던 사람들, 그리고 공동체의 축복 속에 죽음을 맞이할 수 있다는 가능성"*을 보여준 것이 아닐까. 축구가 그 한가운데에 있었음은 틀림없다.

---

* 다음 글에 쓴 배은경의 댓글을 재구성했다.
  https://www.facebook.com/photo.php?fbid=680336075408734&set=pb.100002970443021.-2207520000.1438308161.&type=3&theater

# 한국에서는 축구가 어떻게 소비되는가

한국의 축구 상황은 영국과도, 스페인과도, 남아공과도 많이 다르다. 한국은 축구가 메이저 스포츠가 아닌, 세계에서 몇 안 되는 나라 중의 하나다. 프로축구가 출범한 지 35년이 넘었지만 프로야구에 비하면 그 인기는 턱없이 부족하다. 모든 프로스포츠가 지역 연고를 기반으로 하지만 프로축구의 지역 기반은 야구에 비할 바가 못 된다.

종목을 불문하고 "당신 고향을 대표하는 스포츠팀은 무엇인가?"라고 묻는다면 아마 대부분은 자기 지역의 프로야구팀을 꼽을 것이다. 대구는 삼성 라이온즈, 부산은 롯데 자이언츠, 광주는 기아 타이거즈다. 대구 유나이티드, 부산 아이파크, 전남 드래곤즈를 드는 사람은 별로 없을 것이다. 프로야구는 1970년대까지 최고의 인기 스포츠였던 고등학교 야구의 기반을 그대로 흡수하여 더욱 발전시켜옴으로써 대부분의 팀이 내 고향을 대표하는 스포츠팀으로 자리매김하였다.

더욱 중요한 것은 프로야구에는 야구를 좋아하고 스포츠와 생활이 밀접하게 결합된 팬들이, 스스로 확대 재생산될 정도로 확보되어 있다는 것이다. 그래서 프로야구는, 각 구단들이 하기에 달려 있지만, 지역사회의 발전에 기여하는 스포츠 공동체로 발돋움할 수 있는 물적인 토대를 갖추고 있다. 축구는 '스포츠에 대한 열정'이라는 시장에서 경쟁자인 프로야구에 비해 한참 뒤처져 있다.

질문을 바꿔보자. 이번에도 종목을 불문하되, '내 고향'이 아니라 "우리나라를 대표하는 스포츠팀은 무엇인가?"라고 물어보자. 아마도 대부분은 국가대표 축구팀을 들지 않을까? 우승팀이라고 야구의 기아 타이거즈가 한국을 대표하겠는가, 축구의 전북 현대가 대표하겠는가? 한국 국가대표 축구팀은 다른 스포츠의 국가대표팀뿐 아니라 어떤 개별 스포츠팀도 누리지 못한 압도적인 관심을 오랜 세월 동안 받아왔다. 멀리는 오십 대 남성이라면 기억할 1970년대 태국의 킹스컵, 말레이시아의 메르데카컵의 인기부터 가까이는 한국이 출전하는 월드컵의 열기가 그 증거다.

축구 국가대표팀의 경기는 월드컵 진출을 가름하는 지역 예선경기가 아닌 친선경기에도 관중이 최소한 3만 명이다. 모든 대표팀 경기는 생중계될 뿐 아니라 동원되는 카메라의 수도 K리그 중계와는 비교가 되지 않는다. 한국시리즈 때 잠실야구장이 꽉 들어차야 3만 명이고, 2017년 K리그 평균 관중은 6,500명 수준이며 가장 많은 관중을 동원한 FC 서울이 평균 1만 6,000명 남짓이다. 축구 국가대표팀의 인기는 실로 어마어마한 것이다. 전 국민이 붉은 옷을 입고 다녔던 2002년 한일 월드컵은 그 정점에 있다.

반면에 최상급 클럽 축구인 K리그 클래식은 중계방송조차 제대로 되지 않으며, 두어 개 인기 구단을 제외하면 경기장의 관중은 보잘것없는 수준이다. 2002년 월드컵 때 한국에서 마지막으로 열린 한국-터키의 3-4위 결정전에서 대

대표팀 경기는 축구와 스포츠가 아닌 애국심을 소비하는 대상이 되어왔다.

표팀의 응원단 붉은악마는 마지막 카드섹션으로 "CU@K
리그"(See you at K-League, K리그에서 만나요)를 펼쳤다. 대
표팀에 대한 성원을 K리그에도 보내달라는 것이다.

그러나 그렇게 되지 않았다. 왜 그렇게 되지 않았을까?
2006년, 2010년, 2014년 월드컵 때도 본선 진출을 바라는
성원은 대단했지만 그 뒤에도 K리그의 관중은 그저 고만고
만했다. 왜 그럴까? 그것은 대표팀 응원과 K리그 응원에서
추구하고 바라는 바가 서로 다르기 때문이다. 대표팀을 응
원하는 사람의 정체성을 축구 팬으로 규정할 수 있을까? 그

렇지 않다. 축구 팬도 있지만 축구 팬이 아닌 사람이 압도적이다. 한마디로 대표팀을 응원하는 사람의 정체성은 축구 팬이 아니라 '국민'이다. 올림픽에서 여자 핸드볼팀을 응원하고 김연아를 응원하는 것과 본질적으로 다를 것이 없다.

즉 한국에서 국가대표 축구팀을 응원하는 것은 축구라는 스포츠를 소비하는 것이 아니라 국가대표로 상징되는 애국심이나 민족적 열정을 소비하는 것이다. 축구는 그 집단적 열정으로 인해 '국가', '민족', '애국'과 같은 이데올로기에 쉽게 동화될 수 있다. 온 국민을 한 달간 들었다 놓은 월드컵에서 아무리 "CU@K리그"를 외쳐도 그 관중이 K리그로 옮겨가지 않는 것은 어찌 보면 당연한 현상이다. K리그는 민족적 열정을 소비하는 곳이 아니기 때문이다. 대표팀 경기와 K리그는 서로 효용이 다른 상품이다.

그래서 "국가대표팀이 좋은 성적을 거두어야 K리그도 살아난다"는 주장에 나는 동의하지 않는다. 진실이 아닌 명제임이 이미 수차에 걸쳐 증명되었다. 거꾸로 "K리그가 살아나면 국가대표팀 성적은 좋아진다"는 명제는 진실이다. 이미 수많은 나라에서 검증되었고 유럽 축구가 살아 있는 증거다. 그러나 K리그의 발전은 내 일도 아니고 개인적인 사명감이나 부채의식도 전혀 없다. 나는 한 사람의 축구 팬으로서 경기장을 찾을 뿐이다.

다만 나는 내가 사랑하는 이 아름다운 경기에 대해, 한편으로 그것이 갖고 있는 위험성을 직시하면서 다른 한편으로 이 경기의 빛나는 아름다움과 놀라운 잠재력을 찾아내고 나누어, 이 경기가 개인의 삶에 활력이 되고 우리의 삶을 개선하는 데 이바지할 수 있기를 바랄 뿐이다. 그 이야기를 마지막으로 조금 더 해보고자 한다.

# 축구는 아름답다

축구가 사람과 사회에 긍정적인 작용만 하는 것은 결코 아니다. 1990년대 유고슬라비아 전쟁 당시 세르비아가 자행한 보스니아와 크로아티아인에 대한 인종청소의 실제 주역은 세르비아 정규군이 아니라 베오그라드의 명문 클럽 '레드스타 베오그라드'의 서포터스 '울트라 배드 보이스'였다. 이들은 유고 연방이 붕괴된 뒤 세르비아의 극단적 민족주의자인 슬로보단 밀로세비치의 돌격부대가 되어 가장 왕성한 인종청소의 대리자이자 유능한 대량 학살의 실천자들로 활약하였다.*

이것은 가장 극단적인 경우이지만 한국에서도 축구는 우리의 역사적 경험과 맞물려 '국가'와 '민족'과 강하게 연관되어 있다. 가장 상징적인 것이 축구 한일전이다. 동의하지는 않지만 2002년의 열기를 국가주의적 광기로 우려하는 지적도 있었다.

그러나 또 한편으로 수많은 평범한 축구 팬들이 있다. 경기장을 찾는 K리그 팬도 있고, 주말이면 운동장에서 뛰는 동호회 회원들이 있으며, 밤늦도록 TV 앞에서 유럽 축구에 열광하는 숨은 팬들도 있다.

이들이 전 세계의 축구 팬들과 더불어 열광하는 축구란 무엇일까. 축구는 개인에게는 한 주의 스트레스를 견뎌내게 하는 활력소이기도 하고, 평생을 바친 감독에게는 삶의 방식이기도 하다. 때로는 축구가 공동체의 정서와 문화의 응결체이기도 하며 그들의 역사와 문화를 들여다볼 창이기도 하다.

---

* 프랭클린 포어, 《축구는 어떻게 세계를 지배했는가》, 말글빛냄, 23쪽.

그래서 우리가 사랑하는 이 아름다운 경기가 민족적 열
정을 넘어 파시즘과 애국주의의 맹목적 도구로 전락할 수
도 있고, 그와 달리 삶의 건강한 동력이 되고 따뜻하고 든든
한 연대의 매개가 되며 나아가 삶의 새로운 모티브가 될 수
도 있다. 무엇이 이 차이를 만드는가.

　모두 축구에서 비롯된 문제인 만큼 그 답도 축구 자체로
돌아가 찾아보자. 축구 경기의 모습을 처음부터 끝까지 자
세히 살펴보자. 경기가 시작되기 전 선수들은 상대방과 악
수를 나누며 페어플레이를 다짐한다. 주심의 휘슬과 함께
경기장 안의 전쟁은 시작된다. 무기는 오로지 내 몸뿐이다.
상대의 거친 태클에 사정없이 나뒹굴지만, 태클한 선수는
손을 내밀고 쓰러진 선수는 그 손을 잡고 절뚝이며 다시 일
어선다. 팀의 승리를 위해 한 걸음 더 뛰고 한 번 더 몸을 던
지며 땀 한 방울을 더 흘린다.

　종료 휘슬이 울리면 이긴 팀은 동료들과 진한 포옹으로
기쁨을 나누지만 상대를 위로하는 것도 잊지 않는다. 패배
한 팀은 비장함 속에서도 이긴 팀에 축하를 건넨다. 그리고
땀에 젖은 유니폼을 교환한다. 관중석의 팬들은 경기장 위

에서 벌어지는 이 모든 과정에 감정이입하며 선수들과 함께 기뻐하고 함께 안타까워한다.

수도 없이 봐온 모습이지만 볼 때마다 감탄하는 장면들이다. 축구가 아름다운 이유이기도 하다. 경기에 대한 열정, 열정을 플레이로 구현해내는 힘과 기량, 팀과 동료에 대한 헌신, 끝까지 포기하지 않는 용기, 상대방에 대한 존중, 판정에 대한 승복, 팬과 선수의 공감과 연대. 축구 경기에서 우리가 늘 보고 있고 또 보기를 원하는 모습들이다.

나는 내가 매주 하는 동네축구에서도 이런 축구를 하고 싶다. 나아가 이러한 운동장 안의 덕목을 내 삶에도 가져오고 싶다. 동네 동호회 회원들, 어린 초등학교 선수에서부터 엘리트 프로선수에 이르기까지 함께 공유하고 싶다. 축구의, 스포츠의 이 같은 정신이 삶에 밸 때, 독단과 차별과 배제를 속성으로 하는 온갖 이념적 패악들이 과연 발붙일 수 있을까. 그리고 우리 삶은 얼마나 환해질까. 답은 축구 안에 있다. 그래서 나는 축구를 사랑한다. 축구는 아름답다.

# 당신은 혼자 걷지 않으리

2018년 5월 30일  초판 1쇄 인쇄
2018년 6월  4일  초판 1쇄 발행

지 은 이    정기동
펴 낸 이    박해진
펴 낸 곳    도서출판 학고재
등    록    2013년 6월 18일 제2013-000186호
주    소    04168 서울시 마포구 새창로 7 SNU장학빌딩 17층
전    화    02-745-1722(편집) 070-7404-2810(마케팅)
팩    스    02-3210-2775
전자우편    hakgojae@gmail.com

ISBN  978-89-5625-370-1  03810